이런
나라도
즐겁고
싶다

이런
나라도
즐겁고
싶다

오지은의
유럽 기차
여행기

이봄

차례

프롤로그

구석을 좋아하는 사람

구석을 좋아한다.

카페에서도 밥집에서도 가능하면 가장 구석진 곳의 가장 구석자리에 앉는다. 벽에 가까울수록 좋다. 어쩔 수 없이 공간의 가운데에 앉아야 할 때는 몰래 괴로워한다. 불안하다. 공황을 일으킬 정도는 아니지만 몸이 움츠러든다. 내 친구 J에게는 출구가 보이는 곳에 앉아야 한다는 강박이 있다. 사람들은 각자의 이상한 부분을 안고 살아간다. 나에게는 구석이고 J에게는 출구다. 상자에 들어가 있는 고양이를 보면 그 마음 알 것도 같다. 가끔은 벽을 보며 내 몸에 꼭 맞는 구멍이 있으면 좋겠다고 생각한다. 막상 들어가면 배겨서 1분도 못 버티겠지. 마음이 그렇다는 것이다. 그러고 보면 어릴 땐 이불장에 들어가 있곤 했다.

그런 사람이지만 여행을 좋아한다. 구석에 파묻혀 있는 걸 좋아하면서 또한 여행을 좋아하다니. 인생, 아이러니와의 계속되는 싸움이다. 아름다운 것이 보고 싶다. 가능하면 구석자리에 앉아서.

아마 나는 여행 내내 구석을 찾아다니고 네모난 방 안에 누워 천장만 보고 싶어하고 혼자 울적하다는 이유로 맛있는 것도 먹지 않고 낯선 곳에서 긴장하고 불안해하다 좋은 순간을 놓치겠지만 알면서도 또 짐을 싸고 여행을 떠나니 괴이한 일이다. 하지만 여행, 그래도 여행. 대체할 것이 없다.

깨달음이 없는 여행

여행을 별로 좋아하지 않는 친구가 어느 날 인도에 가겠다고 했다. 인도에 대한 영적인 글로 유명한 그 베스트셀러를 읽은 후였다. 그녀는 혼자서 여행을 다니던 사람도 아니었고 인도는 난이도가 높다는 말에 걱정했는데 과연 다녀온 그녀의 얼굴에는 분노와 심한 배탈의 흔적이 보였다.

"작가를 고소하고 싶어." 그녀가 말했다.

책과 인스타그램은 성질이 다른 매체 같지만 난 기본적으로 상당히 비슷하다고 생각한다. 필터를 걸고(아름다운 문장으로) 안 나온 셀카는 지우고(지리멸렬한 생각은 삭제하고) 기적의 셀카만을(순간의 맑고 높은 정서만을) 남긴다. 그렇게 쓰인 여행기에는 수많은 효용과 더불어 약간의 부작용이 있다. 내 친구의 경우처럼 인도에 가면 정서가 고양될 것이라 믿게 되는 것이다. 인도 입장에서는 머쓱할 일이다. 그리고 애당초 여행은 정신개조 부트캠프가 아니다.

여행이란, 뭘까.

본질적인 의문이 들어 '진정한 여행'이라고 검색해보니 과연 멋진 말이 많았다. 마르셀 프루스트는 '진정한 여행은 새로운 풍경을 보는 것이 아닌 새로운 눈을 가지는 데 있다'고 말했다. 저런 격언이 나의 현재를 괴롭힌다. 새로운 눈이 생기지 않으면 진정한 여행이 아닌가. 프루스트 씨, 진짜입니까?

모두의 백과사전, 위키피디아의 정의에 따르면 여행의 모티브는 다음과 같다.

1. 즐거움
2. 휴식
3. 발견과 모험
4. 다른 문화를 더 잘 알게 되는 것
5. 대인관계를 정립할 개인적 시간을 갖는 것

이렇게 명쾌한 정리라니. 결국 여행이란 일단 즐겁게 잘 쉬다 오면 되는 것이다. 그러다 새로운 발견도 하고, 그러다 타인을 조금 이해하게 되고, 그러다 정말 시간이 남고 여유가 있으면 내면도 좀 돌아보고.

동북아의 성장집약적 나라에서 태어난 우리의 여행은, 특히나 유럽 같은 곳을 돌아볼 땐 마치 출장처럼 바쁘다. 미술관, 박물관에 가서 견문도 넓혀야 하고 블로그의 맛집에도 가야 하고, 몽쥬 약국에서 면세 쇼핑도 해야 하고, 가끔은 현지인처럼 골목도 거닐어야 하고, 그리고 나는 누군지, 어디로 가는 중인지 성찰도 해야 한다. 7박 8일 동안.

사실 나야말로 여행을 정신개조 부트캠프로 이용하는 사람이었다. 첫 책 『홋카이도 보통열차』에서 나는 무려 '마음의 각도가 1도 바뀌었다'는 문장으로 책을 끝맺었다. 그 말은 당시의 진심이다. 그리고 '그러다 360도 빙 돌아서 제자리로 돌아온다우' 하고 입을 삐죽이는 것은 지금의 진심이다.

나의 캠프는 꽤 성공적이었다. 낯선 도시의 낯선 방 안에서 수첩을 꺼내 우선순위를 적어내려가면 인생이 정리되는 기분이 들었다. 그 리스트를 보고 있으면 다시 인생의 파도를 노련하게 탈 수 있을 것만 같았다. 그리고 그 착각이 깨지는 데는 오랜 시간이 필요하지 않았다. 삶은 새로운 방식으로 복잡해지고 나는 계속 파도에 휩쓸리고 낯선 도시의 마법은 더이상 듣지 않는다.

나이가 들며 알게 되는 것은 인생의 지혜가 아닌, 스스로의 어쩔 수 없는 한심함이다.

지긋지긋한 중력.
돌아오게 되는 자리.
같은 문제와 같은 실수와 같은 좌절.
'더 나은 나 자신'의 허상.

이런 생각을 거듭하는 시간은 조금 쓸쓸하고 조금 홀가분하기도 하다.

어느 긴 겨울 밤, 우물 속에 들어가 있는 기분이 싫어 검색창에 단어를 몇 개 넣었다.
'유럽, 베스트, 기차, 경치.'
〈론리플래닛〉의 기사가 하나 나왔다. '유럽 최고의 기차 풍경 베스트 10.'
이탈리아, 스위스, 오스트리아, 독일, 노르웨이, 스코틀랜드의 열차들이 그 리스트에 있었다. 유럽의 비수기 겨울, 온돌도 없이 칼바람을 이겨내야 하는 시기. 하지만 기차 안은 따뜻하겠지. 노르웨이나 스코틀랜드의 기차 안에선 끝없는 밤을 보아야겠지만 이탈리아의 시칠리아로 향하는 기차에선 이른 봄 향기를 맡을 수 있을지도 모른다. 나는 오스트리아에서 시칠리아까지, 저 루트 중 몇을 따라 남하해보기로 했다.

나는 지금까지와는 다른 마음으로 비행기표를 샀다.

그냥 잘 쉬고 싶다.

그냥 신기해하고 싶다.

기차를 타고 알프스 한가운데를 달리고 나폴리에서 피자를 먹고 싶다.

그래도 될지, 내게 그런 자격이 있는지 잠시 의문이 들었지만 그건 오늘 내가 한 생각 중 가장 멍청한 생각일 것이리라.

이런 나라도 즐겁고 싶다.

론리플래닛의 앤서니 헤이우드가 꼽은

유럽 최고의 기차 풍경 베스트 10

(형광펜 표시는 이번 여행에 탈 기차들)

노르웨이의 라우마 라인, 베르겐 라인, 스코틀랜드의 웨스트 하이랜드 라인과 독일의 노선 등은 푸른 여름에 타는 게 제맛일 것 같아 과감하게 제외하고, 설경이 예쁠 것 같은, 그리고 봄을 맞이하기 좋은 코스로 골랐다. 스위스와 오스트리아의 겨울 알프스를 보고 이탈리아에서 초봄의 초록을 느끼자는 계획.

1. 라우마 라인 (노르웨이)

2. 베르겐 라인 (노르웨이)

3. 웨스트 하이랜드 라인 (스코틀랜드)

4. 베르니나 익스프레스 (스위스 & 이탈리아)

   생모리츠의 시크한 호숫가를 놓치지 마라 – 눈보라에 안 보였다

   거리와 시간: 123km, 4시간 | 최고의 시기: 4월

5. 친퀘테레 (이탈리아)

   마을 간의 도보길을 놓치지 마라 – 비수기라 막혀 있었다

   거리와 시간: 20km, 40분 | 최고의 시기: 봄에서 가을

6. 센트럴 라인 철도 (독일)

7. 제메링 철도 (오스트리아)

   철도를 따라 하이킹을 하라 – 할 수 없었다

   거리와 시간: 41km, 45분 │ 최고의 시기: 연중 내내

8. 첸토발리 철도 (스위스 & 이탈리아)

9. 뮌헨-인스부르크를 지나는 가르미슈파르텐키르헨 (독일)

10. 글래시어 익스프레스 (스위스)

    체르마트의 마테호른 뮤지엄을 놓치지 마라 – 놓쳐버렸다

    거리와 시간: 291km, 7시간 반 │ 최고의 시기: 겨울

론니플래닛 2013년 6월 기사

「Europe's top 10 scenic rail journeys」 중에서

헬싱키 반타 공항

　헬싱키 반타 공항까지는 아홉 시간이다. 수면제를 먹고 창문에 기대어 까무룩 잠들 생각이었다. 하지만 핀에어는 나에게 2-4-2 자리의 가운데 자리 중 가운데 자리를 주었고, 설상가상 주머니 속에 수면제는 없었다. 절망적이었다. 롤빵에 버터를 잔뜩 발라 우물우물 먹고 맛없는 핀에어의 커피를 두 잔이나 마셨다. 핀란드는 세계에서 1인당 커피 소비량이 두번째로 높은 나라이고 정말 맛없는 커피를 마신다. 그들은 맛없는 필터 커피를 끝나지 않는 밤 동안 주구장창 마신다.

　핀란드에 대한 얘기를 몇가지 더 해보겠다. 핀란드의 여름은 짧고 찬란하고 겨울은 길고 혹독하다. 겨울에 길을 걷다보면 엄마가 한 손에는 장바구니를 들고 다른 한 손에는 썰매에 아기를 태워 끌고가는 모습을 볼 수 있다. 전세계에서 인구 1인당 메탈밴드 수가 제일 많다. 나긋함이란 한 조각도 없는 무민의 나라. 나는 그런 핀란드가 정말 좋다. 핀에어가 내게 가운데 자리를 줬어도.

　남은 비행시간을 때우려 나탈리 포트만이 나오는 영화를 틀었다. 〈블랙 스완〉. 불안과 강박으로 나탈리 포트만이 스스로의 인생을 망치는 내용이었다. 나의 소소한 불안은 대런 아로노프스키적으로 증폭되었다. 안 되겠다 싶어 옆자리 아가씨에게 말을 걸었다. "저는 비엔나에 가요. 비엔나에 가보셨나요? 비엔나에는 정말 비엔나 커피가 있나요?" 귀한 고독을 망치는 주접스러운 옆자리 여인의 역할을 맡아버렸다.

비행기는 착륙 준비를 시작했고 우리는 일제히 핸드폰에 유심칩을 갈아끼우기 시작했다. 영국 쓰리Three통신사의 유심. 그녀도 같은 유심칩이었다. 이 유심은 가격이 싸고 많은 국가를 커버해서 인기다. 다부지게 생긴 저 아가씨도 검색을 좀 해보았군. 비행기가 착륙하자마자 우리는 핸드폰의 전원을 켰고 아가씨는 내게 물었다.

"이거 아직 안 되죠?"

"착륙했으니까 되지 않을까요?"

"핀란드는 유럽이 아니잖아요"

불쌍한 핀란드. 유로까지 쓰고 있는데.

5년 전 이곳 반타 공항의 라운지에서 인생 최고의 연어 수프를 먹은 적이 있다. 바보 같다고 할지 모르겠지만 나는 그 수프를 다시 먹기 위해 헬싱키 경유를 택했다. 어차피 직항을 탈 수 없다면 좋아하는 일이라도 해야지. 불안을 가라앉히려 주문처럼 되뇌었다. 연어 수프. 연어 수프. 나는 연어 수프를 먹을 거야. 라운지를 향해 빠르게 걷고 있는데 입국관리국의 청년이 날 막는다. 돌아가는 비행기표를 보여달라고 한다. 허나 인터넷은 연결되지 않았고, 내 이티켓은 메일함에 들어 있었다.

"아 이게 왜 이러지. 여기 인터넷이 느린가보죠? 이티켓 화면에 연결이 안 되네."

그쯤하고 여권에 도장을 찍어주길 바랐지만 그는 턱까지 괴고 날 가만히 쳐다보고 있었다. 이 신뢰할 수 없는 작은 동양인아. 수상해 보이기 싫으면 비행기표를 보여. 유럽에 눌러앉고 싶은 마음이 전혀 없는 나는 돌아가는 비행기표를 참으로 보여주고 싶었지만 내 핸드폰은 먹통이었고 내 뒤의 줄은 점점 길어졌다. 그는 결국 한숨을 쉬고 말했다.

"가진 돈은 얼마나 있어?"

"텐 사우전드 유로 앤드 투 크래딧 카-즈."

"와우. 유 캔 고. 해브 어 나이스 트립."

야, 내가 누군지 알아, 짜식아(사실 아무도 아니다) 하면서 의기양양 걸어가다 생각해보니 내가 가진 돈은 원 사우전드 유로였다(약 120만 원이다). 텐 사우전드 유로, 현금 1200만 원이라니,

그 정도 돈을 휴대하고 있을 리가 없다. 오히려 수상하게 느낀 입국관리원이 따라오라고 했으면 큰 트러블이 될 수 있었을 텐데. 순진한 공무원이라 다행이었다.

리뉴얼한 반타 공항은 분위기가 많이 달라졌다. 예전에는 '여기는 유럽의 끝, 나무가 많은 핀란드랍니다' 하는 수줍은 느낌이 있었다면, 지금은 휘바! 하고 돈과 사람을 적극적으로 원하고 있었다. 노키아도 망했고 핀란드도 예전처럼 뒷짐지고 있진 못할 것이다.

라운지는 완전히 달라졌다. 좁은 테이블에 덩치 큰 사람들이 옹기종기 앉아서 빈약한 핀란드의 음식을 먹고 있었다. 상관없다. 난 연어 수프만 있으면 된다. 푸드 스테이션에 가득 쌓여 있는 이탈라의 모던한 접시를 들고 수프통을 연 순간. 아, 오늘의 수프는 단 하나 미네스트로네, 채소 수프였다.

구석에 앉아 포켓몬을 몇 마리 잡았다. 회청색의 아름다운 이탈라 머그컵에 담아도 핀란드 커피는 역시 맛없다.

도착의 날

나는 컨베이어 벨트를 노려보고 있었다. 헬싱키까지 아홉 시간, 환승을 네 시간 하고 목적지 비엔나까지 다시 세 시간 비행기를 탔다. 내 짐을 보지 못한 지 총 16시간이 지났다. 지쳤지만 긴장을 풀 수 없었다. 이번 여행의 수화물은 트렁크가 아닌 배낭이었기 때문이다. 인생 첫 배낭여행을 한다고 비싼 돈을 주고 '배낭계의 벤츠'라는 물건을 샀다. 그 인체공학적 등판이 부서져 있는 상상, 새 배낭에 정붙이자고 달아둔 배지가 어딘가 걸려 죽 찢어져 내용물은 전부 사라져 있고 너덜거리는 천조각으로 바뀌어 나올 상상, 두 가지가 머릿속을 어지럽히고 있었다. 제발.

오늘 묵을 숙소의 주인에게 문자를 보냈다.

[안녕. 나는 오늘 너희 집에 묵을 지은이야. 아직도 난 내 배낭을 기다리고 있어. 늦을 것 같아. 미안.]

답은 금방 왔다.

[나는 친구와 집에서 저녁 먹고 있으니까 천천히 조심히 와.]

핸드폰의 배터리도 닳아간다. 결국 벽에 붙은 콘센트에 핸드폰을 끼우고 그 옆에 쭈그리고 앉는 수밖에 없었다. 사람들은 하나씩 짐을 찾아가고 기다리는 사람은 얼마 남지 않았다. 불안한 만큼 핸드폰을 꼭 쥐었다. 배낭이 나왔다. 멀쩡하게. 둘러메는 순간 흡, 소리가 나왔다. 문제는 무사히 나오느냐 마느냐가 아니었던 것이다.

이 무거운 것을 메고 나니 뭐든 빨리 처리하고 싶다. 철도 표를 파는 창구에 가니 역무원은 한 여인과 싸움을 하고 있었다. 전혀 알아들을 수 없는 말이었지만 이 싸움으로 역무원이 내게 불친절해질 확률은 90퍼센트 이상이었다. 심호흡을 하고 '두 분 사정이 급한 건 알겠지만, 저도 표를 사긴 해야 한답니다' 하는 기운을 풍기며 근처를 서성였다. 결국 여인은 원하는 것을 얻지 못했고 진이 빠진 역무원은 차갑게 나를 보았다. "투 씨티 센터. 빈 센트럴 스테이션. 플리즈." 준비된 두번째 질문은 "위치 플랫폼? 왓 넘버?"였지만 그 말을 꺼내지 못하고 가만히 표를 받아들고 돌아섰다.

다행히 플랫폼은 두 개였다. 여기 아니면 저기.
어떤 사람이 내게 친절하게 정확한 정보를 줄까. 먹이를 찾아 두리번거리니 나보다 훨씬 큰 배낭을 맨 사내가 씩 웃는다. 싫어. 너와 말을 섞지 않을 거야. 세계 어디서나 이럴 땐 아주머니다. 빨간색 머리의 아주머니에게 인생 최대한의 미소를 띄우며 "빈 센트럴 스테이션? 고우?"하고 물었다. 그녀는 아마도 이렇게 답했다.

"어머. 이거는 구파발 가는 기찬데. 이거 구파발 가는 기차야 아가씨. 아가씨 구파발 가? 이거 구파발 가는 건데."

"네네. 그러니까요. 서울역 들렀다가 구파발 가나요? 저는 서울역 가는 중이에요."

"아휴, 뭐라고 하는지 모르겠네. 여튼 구파발 가는 열차야. 아가씨. 나는 모르겠네. 아가씨 가는 곳이 어딘지를. 여튼, 이건 구파발 가는 거야."

그 순간 전광판에 '중앙역', 하웁트반호프Hauptbahnhof라는 단어가 스쳐지나갔다. 하웁트반호프! 기차여행이 좋아서 괜히 독일 철도 홈페이지에 들어가보는 괴짜(=나)에게는 친숙한 단어다. 난 두 손을 번쩍 들고 "하웁트반호프! 저기 써 있어요! 하웁트반호프 들렀다 구파발 가는 거예요!"하고 웃었고 아주머니는 알게 뭐냐는 듯 억지웃음을 짓고 내게 관심을 껐다.

기차 안은 침침했고 난 또다시 큰 배낭맨과 마주쳤다. 아직 여행자 동지와 미소를 나눌 마음의 여유는 없다. 밤의 중앙역은 황량했다. 배가 고팠지만 뭘 먹고 가거나 손에 먹을 것을 들고 낯선 집에 찾아갈 배짱이 없어 참기로 했다. 2월의 빈의 길거리에는 질척하게 눈이 쌓여 있었다. 때마침 울린 성당의 종소리는 나의 불안에 약간의 고요를 얹어주었다. 집주인은 어디에서 오는 길이냐 물었다. 어디긴 어디야 집에서 왔지. 그는 눈을 크게 뜨고 친구를 불렀다.

"여봐! 이 친구 빈으로 바로 오는 길이래! 첫 여행지가 빈이래!"

애매한 오스트리아

오전 아홉 시, 나는 금박이 번쩍이는 임페리얼 호텔 카페에 앉아 오스트리아의 애매함에 대해 생각하고 있었다. 현대적 미학이나 규모는 아무래도 독일에 밀리는 것 같고 대자연은 스위스에 밀리는 것 같다. 여행자의 편견이니, 오스트리아 사람들이여 부디 용서해주시길. 조금 더 해보자면 놀기 좋기로는 아기자기하게 예쁘면서 물가도 싼 체코에도 밀리는 것 같다. 수도의 이름도 빈이 맞는지 비엔나가 맞는지도 모르겠다. 와보니 비엔나 커피도 없다.

한때 맹위를 떨치다가 사그라든 나라에서는 묘한 쓸쓸함이 느껴진다. 포르투갈에서도 느꼈다. 설탕통에 둘러져 있는 금박에서 합스부르크가 후예의 자존심이 느껴진다.

아침식사는 특별하다. 왜냐하면 아침엔 지독하게 입맛이 없기 때문이다. (반대로 밤엔 뭐든 맛있다.) 그래서 역설적으로 맛있는 아침식사는 날 몹시 흥분시킨다. 아침 입맛에도 맛있는 거면 정말 맛있는 거다. 순수한 기쁨, 눈이 떠지는 쾌감. 그래서 여행지에 가면 이 도시 최고의 아침식사는 어디서 먹을 수 있는지 찾아보곤 한다. 빈에서는 임페리얼 호텔이었다.

임페리얼 호텔은 19세기의 빈을 대표한다. 그 시대의 럭셔리를 볼 수 있다. 묵직한 나무계단, 굉장한 규모의 샹들리에. 작지만 압도적인 분위기. 로비의 할아버지 직원에게 카페가 어디인지, 이런 행색으로도 아침을 먹을 수 있는지 조심스레 물어봤다. 그는 완벽한 미소와 목소리 톤으로 카페 위치를 안내해주었고 좋은 하루 보내라는 말로 여행자의 마음을 녹였다. 자본주의의 친절에는 외려 진심이 있다. 네가 여기서 돈을 쓰고 가는 한 나는 네게 잠시 사랑을 줄 거야. 아무렴, 나는 그 사랑을 남김없이 받아갈 것이다.

지배인은 내게 가운데 자리를 제안했다. 가운데라니. 혼자 앉기 완벽한 창가 자리가 저기 있는데. 물어보니 저 자리는 예약이 되어 있다고 했다. 아침부터 예약이라니 잘 이해가 되진 않았지만 호텔의 거물 투숙객이 매일 아침마다 밥을 먹는 자리일지도 모르지. 또는 유니클로 파카를 입은 사람에게는 애당초 허락되지 않는 자리일지도 모른다. 그러다 5초 후에 지배인은 갑자기 마음을 바꾸고 날 그 자리로 안내했다. 푸른색의 예약석 종이를 치우더니 여기는 물이 묻어서 반대편에 앉는 게 좋을 거라는 말까지 해주었다. 왜 마음을 바꿨을까. 그나저나 아침부터 의자에는 왜 물이 묻어 있을까.

자리는 완벽했다. 창문에는 샹들리에의 불빛이 반사되어 마치 크리스마스 시즌 같았다. 나는 프렌치 토스트와 포트 커피를 주문했다.

포트 커피라고 해서 큰 포트에 많이 줄 줄 알았더니 그냥 작은 도자기 포트에 담긴 커피였다. 뜨거운 우유가 곁들여졌다. 커피가 몹시 진해서 바로 우유를 부었다.

그리고 나온 프렌치 토스트. 얇지만 겉은 바삭하고 안은 부드러웠고 진한 계란과 우유와 밀가루와 설탕의 조화가 훌륭했다. 위에 올려진 라즈베리는 알이 굵었고 메이플시럽은 진했다. 나는 히틀러가 장기투숙했다는 이 호텔을 좋아하게 되었다. 너무 힘들고 너무 좋아서 얼이 빠진 채로 창밖만 본다. 눈 쌓인 빈의 거리는 분주하다. 빨간 트램이 지나갔다.

아침에는 산책을 했다.

유럽에 오면 자동으로 일찍 일어나게 된다. 한국의 오후 한

시는 유럽의 새벽 여섯 시이기 때문이다. 숙소를 벨베데레 궁전 앞으로 잡으면 적어도 벨베데레 궁전 정도는 가겠지 생각했는데 정말 그렇게 되었다.

합스부르크 왕가의 아름다운 여름 별궁은 2월 현재, 눈으로 두텁게 덮여 있었다. 나는 불룩하게 튀어나온 부분은 분수겠거니, 평평한 부분은 잔디겠거니 하며 신록의 벨베데레를 상상했다.

벨베데레라는 말은 이탈리아어로 전망이 좋다는 뜻이다. 이 이름은 합스부르크가의 마지막 핏줄, 여제 마리아 테레지아가 지었다. 우리에게는 마리 앙투아네트의 어머니로 유명할지도 모르겠다. 그녀의 인생은 몹시 흥미롭다. 당시로는 흔치 않은 연애 결혼을 했다. 남편 프란츠는 시골 귀족이었다. 결혼식 당시 프란츠가 28세, 마리아는 19세였다. 얼마나 단단한 아가씨였을까. 위에는 여제라고 썼지만 사실 신성로마제국의 황제 타이틀은 남편이 가져갔다. 실질적 권력은 전부 그녀에게 있었지만.

마리아 테레지아는 여자가 왕위에 올랐다는 이유로 주변 국가들의 공격을 받는다. 그래서 마리아 테레지아는 넷째를 임신한 채 23살에 전쟁을 치러야 했다. 그 와중에 낳은 아기가 아들이어서 사기 진작에 도움이 되었다고 한다. 아들, 딸이 뭐라고.

그녀가 남자였다면 과연 전쟁이 일어나지 않았을까? 아마 다른 명분으로 전쟁이 일어났을 것이다. 내 스타벅스 골드카드를 걸고 말할 수 있다.

전쟁을 일으킨 사람은 사실은 마리아 테레지아가 여자든 남자든 상관없었을 것이다. 악질적인 부분은 성별을 이용해서 사람들을 서로 죽고 죽이게 만들었다는 점이다. 본인은 제대로 검을 쥐지도 않았겠지.

그녀는 아이를 아주 많이 낳았고 그들을 사랑했고 국민의 교육에도 열심이었다고 한다. 성군이었지만 조금 느렸다. 18세기 유럽은 한 시대가 소리 없이 지는 중이었다. 영국에서는 산업혁명이 일어났다. 가문의 시대가 끝나고 자본의 시대가 오고 있었다. 마지막 합스부르크, 마리아 테레지아는 1780년에 죽었다. 마리아 테레지아와 전쟁을 치렀던 프로이센은 후에 독일 제국이 되어 제1차 세계대전을 일으킨다.

궁전을 보며 이런 생각을 한 것은 아니고,
지금 위키피디아를 보고 알아가는 중이다.

벨베데레 궁전은 미술관으로도 유명하다. 클림트의 〈키스〉

가 이 건물 2층에 걸려 있다. 미술관도 그 사실을 전면에 내세우고 있다. 하지만 이 건물은 사실 클림트의 〈키스〉가 그려지기 전부터 미술관이었다. 벨베데레는 인류 역사상 최초의 공립 박물관이다.

물론 이 사실 또한 위키피디아가 말해주었다.

클림트를 보러 온 수학여행객도 없는 아침의 벨베데레 궁전은 고요했다. 이어폰을 꼽고 조깅을 하는 사람과 지름길로 출근하는 사람 몇이 눈에 띌 뿐. 나는 핸드폰을 손에 쥐고 '포켓몬고'를 켜고 눈 위를 사박사박 걷다가 피카츄를 발견했다. 주위를 둘러보니 온통 석상이었다. 궁전이니 당연했다. 석상은 곧 포켓스탑이고 포켓스탑에서는 포켓몬들이 나온다. 야호. 어느새 포켓몬고 가방은 볼로 가득찼다. 진심으로 좋은 궁전이라 생각했다.

집주인이 어젯밤 조롱을 가득 담아 "어딜 틴에이저나 신는 신발을 신고 빈에 와?" 하고 말했는데 그럴 만했다. 사람들의 발을 유심히 봤더니 모두 등산화 아니면 어그부츠를 신고 있었다. 바이바이 뉴발란스. 널 이 도시에 버리고 가야겠다.

시간도 많겠다. 빈의 번화가에 있는 거의 모든 신발 가게에 들러서 적당한 신발을 샀다. 아니, 사실 조금 야단스러운 신발을 샀다. 안에 털이 덧대어져 있는 목 높은 컨버스 모양의 가죽 신발. 뭉툭한 등산화를 사기엔 그 신발이 너무 예뻤다.

걷다보니 종아리에서 피가 나오고 있었다. 새 신에 쓸린 것이다. 잘못된 쇼핑임을 알았지만 이미 늦었다.

스타벅스에 들러서 샌드위치와 커피를 시켰다. 큰 테이블 맞은편 자리에는 대학생 두 명이 큰 책을 펴두고 공부를 하고 있었다. 가게에는 클래식이 나오고 있었는데 그중 한 명이 무의식 중에 음악에 맞춰 코를 흥얼거렸다. 아주 복잡한 피아노 소리에 맞춰 흐흐흐흐흥. 흐흥. 흐흐흐흥. 17세기의 음악을 비욘세 음악처럼 흥얼거릴 수 있다니. 아침에 본 벨베데레 궁전의 하피 석상이 떠올랐다. 아름다운 석상의 가슴만 새까만 색이었다. 아주 오랜 시간 동안 아주 많은 사람들이 수천 아니 수만 번 가슴을 만져댄 거겠지. 아, 역시 오스트리아는 애매, 아니 이상하다.

집주인 E

집주인 E와 나는 빨리 친해졌다. 수염이 부숭한 곰돌이 같은 그는 과테말라 출신이었고 나는 원두 중 과테말라를 제일 좋아했다. 커피를 내려준다고 하더니 자기가 갖고 있는 모든 도구를 꺼내어 뭐로 내려줄까 하고 수선스럽게 굴었다. 그런 점이 아주 마음에 들었다. 그는 내 책에 관심이 많았다.

"넌 뭐에 대해 쓰고 있니. 여행을 왜 다니니."

"나 언젠가부터 회색 대륙에 있는 것 같아. 즐거운 순간, 아름다운 순간은 잡을 수 없고 그냥 지나가. 아무것도 잡을 수가 없어. 그래서 기차라도 실컷 타보려고 여기 왔어."

그는 꿈꾸는 듯한 애잔한 표정을 잠시 보이고 이렇게 말했다.

"아, 나도 한때는 너처럼 생각했어. 허무했지. 하지만 봐봐. 아무것도 잡을 수 없어도 너와 내가 만나기 전과 후는 달라. 우리가 만나서 얘기하고 웃고 나눈 얘기들, 지금 이 시간은 진짜야."

손안에 복숭아가 하나 생긴 기분이었다. 분홍빛의 잘 익은, 달콤한 즙을 가득 머금은 복숭아. 먹고 나면 사라진다고 해도 내가 그 황홀한 맛의 시간을 지나온 것은 확실한 사실이니까.

E와는 첫날부터 너무 깊은 대화를 나누고 가까워진 탓에 어쩐지 어색해져서 머무르는 동안 더이상 길게 얘기하지 않게 되었다.

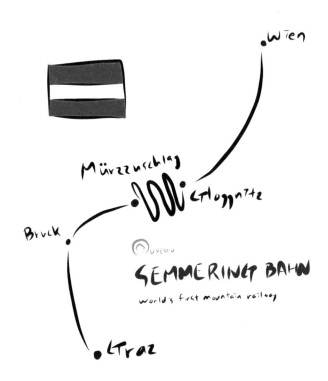

Wien

Mürzzuschlag

Gloggnitz

Bruck

SEMMERING BAHN

world's first mountain railway

UNESCO

Graz

첫 번째 기차, 제메링 철도Semmering Railway

유레일 패스를 처음 사용해보는 탓에 빈 중앙역에서 아침부터 허둥거렸다. 유레일 패스는 맨 처음 타는 역의 역무원에게 따로 스탬프를 받아야 한다. 그렇지만 어떤 역무원에게 어디서? 어느 타이밍에? 그 단순한 정보가 의외로 찾기 어려웠다. 이제는 저가항공의 시대인가보다. 가장 먼저 눈에 띈 역무원에게 다급하게 "유레일? 스탬프?" 하고 말했더니 거참 이 양반 성질 보소 하는 표정으로 도장을 찍어주었다.

우아하진 못했지만 여하튼, 이번 여행의 첫 기차, 제메링 철도에 올랐다. 제메링 철도는 세계 최초의 산악 열차이다. 나 같은 인간에게나 의미 있는 사실이겠지만.

제메링 철도는 유네스코 세계유산으로 등재되어 있다. 세계유산들이 그렇듯 인류에게 어떤 의미가 있었는가, 가 중심이다. 예쁘고 멋진 순서대로 뽑은 것이 아니다. 나는 가끔 이것을 헷갈려서 찾아가보고 몰래 실망하곤 한다. 제메링 철도가 세계유산으로 등재된 이유는 당시의 기술력으로 대단한 일을 해냈기 때문이다. 총 41킬로미터의 이 산악 철도는 1854년에 완공되었다.

기차는 남쪽으로 내려간다. 나는 오른쪽 차창이 아름다울지, 왼쪽이 아름다울지가 몹시 신경쓰였다. 몇 시간의 기차 여행의 질을 정해주기 때문이다. 정답은 왼쪽 차창. 오른편 의자에 앉은 나는 왼쪽 자리의 노신사가 나를 신경쓰지 않은 덕에 그의 풍경을 공유할 수 있었다.

제메링 철도는 아기자기했다. 지금으로선 기가 막힌 기술이 아니지만 옛 기술로 만들어진 철도를 따라 알프스산 깊숙이 들어간다.

제메링 철도를 타고 본 것들

- 작은 시골 마을
- 시냇물
- 다리
- 작고 예쁜 집
- 눈 덮인 험준한 산
- 시골 기차역
- 눈 위의 작은 발자국들

\-   낮에 뜬 반달

기차는 그 사이를 느리게 달린다.

아, 난 기차가 정말 좋다.

SARGANS BLUDENZ INNSBRUCK BISCHOFSHOFEN LTEZEN LEOBEN GRAZ

CHUR LANDECK ZELL AM SEE

HELVETICA

Österreich

두번째 기차, 오스트리아의 알프스

어제는 그라츠Graz에서 잤다. 가족이 다 함께 여행을 떠나는 날의 에어비앤비 집은 정말 정신이 없었다. 짐은 챙겨야 하지, 아이는 보채지, 남편은 어딘가 무쓸모하지, 나 같은 어리버리에게 설명까지 해줘야 하지. 대가족이 나가고 난 집은 썰렁하여 나는 집을 운좋게 전세 낸 꼴이었지만 하나도 기쁘지 않았다.

버스를 타고 시내구경을 나갔다. 작은 대학도시였다. 있을 때 미리 먹어두자 싶어 태국요리를 먹었다. 자전거를 탄 이민자 소년이 내 소매를 붙잡으려 하여 화들짝 놀랐는데 알고 보니 뒤에 버스가 온다고 조심하라고 알려준 것이었다. 부끄러웠다.

기차 여행 둘째 날, 오스트리아의 그라츠에서 스위스의 쿠어Chur까지, 오늘의 여정은 일곱 시간짜리다. 아름다운 경치로 유명한 오베르발트Oberwald 지역을 지난다. 자리마다 승객의 승차역과 하차역이 적혀 있었다. 사무처리가 확실한 것이 스위스 측이 관리하는 열차 같다.

카푸치노를 시켰더니 도자기 잔에 담겨 나왔다. 유레일 패스 덕에 항상 일등석에 앉고 있다. 돈을 언제 내야 할지 모르겠어 눈치만 보았다. 혹시 일등석 손님에게 공짜로 주는 걸까? 하고 몰래 기대도 했다. 구릉은 완만하고 사이사이 아직 녹지 않는 눈이 보인다. 사람을 타지 않아 새하얗다.

파노라믹 기차는 천장까지 창이 나 있어 좋기만 할 거라 생각했는데 햇빛을 피할 길이 없었다. 선글라스를 쓴 당신이 일등입니다. 나는 자외선차단제를 두텁게 발랐다. 강아지와 함께 크로스컨트리를 하는 사람들이 보인다. 유모차를 끌고 조심조심 언덕을 내려가는 엄마의 모습도. 갈대밭은 요정할아버지의 수염 같고 시냇물은 에메랄드빛으로 얼어 있다. 편안하고 행복해서 잠이 온다.

잠시의 낮잠 후 배가 고파 식당칸에 갔다. 벌써부터 얼큰하게 취한 남자가 말을 걸었다. 어이. 비디오 찍어? 혼자 여행해? 내가 찍어줄까? 똥소리 똥소리 똥소리. 언어를 초월하여 알아들었다. 어느 나라건 취객이란. 나는 눈길을 주지 않고 매시드 포테이토와 소시지 세트를 시켰다. 매시드 포테이토가 취객의 헛소리를 잊게 할 정도로 부드럽고 맛이 진해 다행이었다.

가끔 날이 갤 때마다 보이는 산의 모습에 경악한다. 첼암제 Zell am See역부터 한동안은 화장실도 가지 않길 권한다. 기차는 산의 모양을 따라 둥글게 달린다. 산의 덩치는 점점 커지고 등줄기는 정연히 서 있는 군대의 그것 같다. 너무 가팔라서 눈도 쌓이지 않은 돌산에 옅은 눈보라가 친다. 그 아래 소나무는 하는 수 없이 눈으로 새 옷을 입었다. 오스트리아의 알프스.

맞은편에 아름다운 여성이 앉았다. 혼자 여행을 하는 여성들 사이엔 연대감이 있다. 그녀는 안경을 단발 금발머리 위로 올리고 작은 수첩에 무언가를 빼곡하게 적다가 나와 눈이 마주칠 때마다 눈이 사라지도록 주름 가득히 아름답게 웃었다. 스카프, 두터운 가디건, 스키니진까지 너무 완벽해서 반해버릴 지경이었다. 결국 고백했다. 너무 아름답게 웃으세요. 그녀는 잠시 놀라더니 다시 그 완벽한 웃음으로 고맙다고 말했다. 오늘 집에 가서 어떤 작은 동양사람이 날 아름답다고 했어, 하고 말할까.

바깥은 눈으로 가득 덮여 세상이 귀마개를 한 것같이 조용하다. 해가 지면 풍경을 보지 못할 것이라 생각했는데 산 아래 마을이 오렌지빛으로 일렁인다. 오래된 교회에도 불이 켜졌다. 카푸치노와 식사값을 결제했다. 역시 서비스가 아니었다. 오늘의 기차여행은 여기까지.

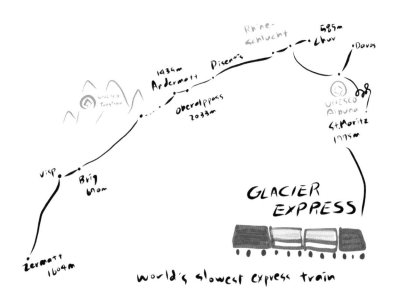

GLACIER
EXPRESS

world's slowest express train

Rhine-
schlucht

585m
Chur

•Davos

1435m
Andermatt   Disentis

Oberalppass
2033m

UNESCO
Albula

St.Moritz
1775m

UNESCO
Tunstrau

Visp

Brig
6nom

zermatt
1604m

세번째 기차, 세상에서 가장 느린 특급열차

글래시어 익스프레스Glacier Express를 탄다면 아주 나중일 것이라고 생각했다. 돈은 많고 기력은 없을 때 인생의 동반자와 하면 좋을 여행, 마치 크루즈 여행처럼. 누가 정했냐마는 내 마음 속에선 그런 이미지였다. 진주 목걸이에 질 좋은 가디건을 입고 천천히 레드와인을 마시며 아름다운 경치 속에 문득 무상함을 느끼는 그런 여행은 머리가 하얘진 다음에 어울릴 것이라고 생각했지만, 그야말로 누가 정했는가. 그 순간이 과연 올까.

일단 나는 와인을 못 마시는데. 가디건은 보풀이 나서 싫은데. 그 나이에 오히려 좀이 쑤셔 암벽등반이 취미가 된다면? 여행을 싫어하는 사람이 된다면? 안 좋은 상상이지만 불의의 사고로 어디에도 갈 수 없게 된다면? 이런 말을 하면 항상 나의 모친은 말이 씨가 된다면서 내 손등을 때리곤 했다. 하지만 사고는 불운의 별자리 아래에서 생겨난다고 생각하지 않는다. 나중은 없다. 반대로 생각해보면 나에게는 지금이 있다. 어찌되었든 떠날 수 있는 지금.

기차 탑승 시간은 오전 11시 26분. 여유가 있다. 간밤에 눈이 내렸는지 젖은 길 위로 건물의 모습이 은은하게 비치고 있었다. 아침은 역 바로 앞의 카페 마론에서 먹기로 했다. 작은 도시 쿠어에서는 나름 유명한 곳이다. 쇼케이스를 둘러보니 동그란 바바리안 도넛 9개가 슈거파우더 옷을 입고 센터자리를 차지하고 있었다. 필경 꿈같은 맛일 텐데, 첫 끼로 도넛을 시켜도 괜찮을지 고민하다가 그냥 크루아상을 시켰다.

크루아상 1.3스위스프랑, 커피 4.3스위스프랑. 크루아상은 평범하게 맛있었다. 하얀 도자기 커피잔은 튤립 모양이었고 마론의 알파벳 M자는 멋들어지게 다른 글자를 감싸고 있다. 하이디의 정서가 느껴진다. 스위스의 디자인은 헬베티카 폰트의 정서와 하이디의 정서로 양분되는 것 같다. 여행자의 무책임한 편견이지만.

오늘 하나 깨진 편견은 깍쟁이 선진국 스위스인들의 아침식사에 관한 것이었다. 곡물빵에 고급 파테를 발라 검은 머그에 담긴 소이라테와 함께 먹을 것 같았은데, 아침부터 바바리안 크림을 먹다니. 결국 스위스인들은 유전자에 우유와 버터가 새겨진 산골 사람의 후손인가.

가게를 나오는 순간 후회했다. 바바리안 크림이었네. 내가 먹어야 할 것은 바바리안 크림 도넛이었어. 나중은 없다더니. 쉽게 쾌락을 허하지 않는 동북아인이 또 후회할 일을 만들었다.

아침 안개가 걷히고 두터운 구름도 걷히고 역 뒤로 아름다운 설산이 보였다. 진경산수화 같다. 역에 들어오니 다시 헬베티카의 세계다. 시계의 디자인이 가장 인상적이었다. 숫자 없이 굵은 선 12개가 동그랗게 둘러져 있고, 긴 네모 모양의 짧고 굵은 시침과 긴 분침, 당연히 전부 검정색이다. 설명하기 민망할 정도로 단순하고 완벽하다. 이 시계를 완벽하게 만들어주는 부분은 바로 초침인데 얇고 끝이 동그라며 빨간색이다. 초침에 들어간 약간의 비틀림이 디자인을 완성한다.

단순함의 끝이기에 범접할 수 없는 특별함이 있다. 얼마나 많은 전세계의 디자인 회사에서 이 디자인을 따라하려다 실패했을까. 주장하지 않는, 흠잡을 곳 없는, 기본적인, 중립의 아름다움이다. 서체 헬베티카로 대표되는 스위스 모더니티.

방금 먹은 아침은 로망이었고 슈퍼에 진짜 아침거리를 사러 갔다. 스위스 첫 슈퍼 방문. 아는 사람은 다 아는 '쿱coop'이다. 에비앙 물 1리터가 1.1스위스프랑, 다른 먹거리도 한국에 비해 특별히 비싸지 않았는데 괜히 스위스임을 의식해서 요거트 하나

만 사서 돌아왔다. 숙소에 와서 뜯어본 플레인 요거트는 크림치즈처럼 진했다. 아까 생수를 살걸, 생각하며 수돗물을 마셔보니 오색약수 같았다. 이거 너무하는데. 창문 너머 설산을 보며 가방을 쌌다. 콧물이 나온다. 진경산수화 아랫집에도 집먼지 진드기가 산다. 마음이 놓인다.

글래시어 익스프레스, 다른 이름으로 빙하특급, 별명은 세계에서 가장 느린 특급열차. 300킬로미터의 거리를 여덟 시간 동안 달린다. 이렇게 느린 이유는 알프스를 오르기 때문이다. 해발 600미터 쿠어에서 2033미터 오버알프 패스Oberalp Pass까지 기차는 올라간다. 먼 옛날 빙하가 만든 흔적을 볼 수 있어 빙하 특급이다. 가만히 의자에 앉아서 알프스 깊은 골짜기 빙하의 흔적을 볼 수 있다니. 이런 호사를 누려도 되나. 지나치게 탁월한 경험을 해버리면 다음이 없을 것 같아 두려워진다.

기차를 좋아해도 이웃나라 시골 바닷가 마을 옆을 달리는 그런 기차나 몇 번 타봤지, 이런 고급 열차는 처음이다. 나의 자리는 22번 웨건의 56번 자리. 비수기라서 4인석을 혼자 쓸 수 있게 되었다. 한때는 럭셔리의 상징이었던 기차답게 접이식 테이블도 원목, 짐 선반도 원목, 하다못해 코트걸이까지 원목이다. 1930년에 완공되었다는 이 기차를 당시에는 유럽의 귀족들만 탔겠지. 세상이 좋아져서 유니클로 점퍼를 입은 나도 탄다. 웨이터의 살짝 거만한 태도에서도 괜히 역사가 느껴져서 기분 나쁘지 않았다. 이미 사람들은 여유롭고 즐겁다.

장거리 노선이다보니 기차 안에서 밥을 먹기로 했다. 그래 흔치 않은 기회니 3코스 런치를 시키자. 메뉴판에 적힌 오늘의 런치는 다음과 같다. 브리그 포테이토 수프, 페퍼크림소스의 돼지고기 스테이크, 채소 슈페츨레Spätzle, 당근 글라세, 마무리로 애플 타르트와 커피. 채소 슈페츨레가 뭔지는 모르겠지만 멋지지 않은가. 43스위스프랑이면 불가능한 가격도 아니다. 내 앞에 옥색의 테이블 클로스와 냅킨, 그리고 빛나는 커트러리가 놓였다.

일등석 기분을 한껏 내고 있는데 검표원이 왔다. 자신 있게 핸드폰을 꺼내 메일함의 예약메일을 보여주려는데 검색이 안 된다. 스위스, 레일, 트레인, 레저베이션, SBB, 글래시어, 무슨 키워드를 넣어도 검색이 되지 않는다. 산골이라 이미 3G는 먹통이고 이런 클래식 열차에서 인터넷이 될 리 없다. 다른 자리부터 먼저 하시지 않고는, 하고 눈빛을 보내봤지만 검표원은 다음 역에서 날 내리게 할 기세다. 맙소사. 하루에 한 번 있는 열차다. 내릴 수 없다. 진땀이 가득한 손으로 겨우겨우 찾아낸 예약메일의 제목은 '뉴 오더' 였고(왜??), 발신자 이름은 '마테호른 고타르드반'이었다. 마테호른 고타르드 반이라니. 제목에 열차, 스위스, 글래시어, 예약, 그 어떤 단어도 집어넣지 않는 산골 사람들의 뚝심.

웨이터가 음료를 갖다주며 묻는다.

너는 콩고에서 왔니? 아, 아니 홍콩, 홍콩 말이야.

응 아니. 나는 한국에서 왔어.

(웃으며) 내 가족들이 홍콩에서 일해.

(체념) 아, 홍콩 좋은 곳이지. 밥도 맛있고.

그 나름의 친절이었다고 생각한다. 나도 어제 하룻밤 잔 그린델발트주에 대해서 아무것도 모른다. 서로 모르면 편하다.

밥을 기다리며 팸플릿을 열었다. 빙하특급은 291개의 다리와 91개의 터널을 지나고 2008년에 세계유산이 되었으며……

노노노. 퀴즈를 맞추면 점심이 공짜! 이런 이벤트도 없는데 내가 왜 공부를 해야 하는가. 같은 이유로 루트 안내를 해주는 이어폰도 깊숙이 넣어버렸다. 때아닌 영어듣기평가를 하고 싶지 않아서다. 암벽 아래 소나무가 빼곡하다. 몇천 마리의 검은 새가 흰 외투를 입은 듯했다.

밥이 나왔고 나는 놀랐다. 스위스 사람들, 부자 나라가 되었어도 산골에서 없이 자란 전통을 잊지 않았는지 내 접시에 담긴 것은 그냥 당근과 고기였다. 그냥 구운 돼지 등심과 그냥 버터에 익힌 당근. 마블링 그런 것 없다. 토끼모양으로 썬 당근 이런 것 없다. 기대했던 채소 슈페페페는 수제비 파스타 같은 것이었다. 아, 까다로운 동북아인은 이런 식사에 만족할 수 없는데. 채소 슈페페페는 리필이 되니 더 많이 드시라고 웨이터가 권했다. 나는 한사코 거절했다. 마음속으로 이거 그냥 수제비잖아요! 하고 외치며 겉으로는 아닙니다. 제가 위가 작아서입니다, 하고 말했다.

갑자기 수제비를 먹었더니 속이 부대껴 콜라를 시켰다. 뚜껑에 메이드 인 스위스라고 써 있다. 사사건건 스위스 부심이네. 알프스 천연수로 만든 셈일 테니 자랑스러운 마음은 이해한다만. 맛은 그냥 콜라 맛이었다.

애플 타르트의 우직한 맛에 안정을 찾았다. 사과는 물렁하지도 딱딱하지도 않았고 좋은 버터와 시나몬을 듬뿍 쓴 좋은 타르트였다. 풍경은 덧칠을 하듯 하얘진다. 산속 세상에는 눈이 쌓이고 더 쌓이고도 아주 두텁게 쌓이니까.

날이 맑아져서 자외선차단제를 발랐다. 천장까지 창문이다 보니 해가 쨍하다. 실내는 마치 온실 같다. 화이트밸런스가 완전히 무너진 하얀 세상을 맨눈으로 계속 보기 힘들다.

찡그린 눈으로 창밖을 보며 세상의 절경은 〈내셔널지오그래픽〉의 다큐 화면으로 보는 것이 최고일지도 모르겠다고 생각했다.

예를 들어 히말라야에 직접 가는 상상을 해보자면

1. 일단 몹시 비쌀 테고

2. 헬리콥터의 푸타타타, 소리에 혼이 나갈 것이며

3. 진즉 고산병으로 입원하거나

4. 그 여파로 패인 주름은 레이저로도 못 없앨 것

게다가 헬기가 뜨지 않는다면? 눈 폭풍을 만난다면? 셰르파와 싸운다면? 헬기 조종사가 인종차별주의자라면? 이모저모 따져보면 역시 〈내셔널지오그래픽〉이다. 화면은 항상 완벽하고 평온하고 안전하다.

하나 그래봐야 화면은 화면이다. 지금 나는 마치 하늘나라로 가는 기차에 타고 있는 기분이다. 아까부터 속세의 냄새를 풍기며 함께 있어준 22번칸의 승객들이 아니면 현실감각을 잊어버릴 참이었다. 어떤 화면을 보고도 이런 기분을 느끼진 못하리라.

바람에 눈가루가 날린다. 어느새 해발 2200미터 오베르발트Oberwald에 도착했다. 그래서인지 머리가 조금 아프다. 잠깐 해가 난 틈을 타 마을 사람들이 눈을 치우러 나왔다. 이런 곳에 사람이 살다니. 스위스 용병이 왜 무서운지 알겠다. 웨이터가 지금까지 먹은 것을 계산하러 왔다. 해발 2200미터에서도 비자 카드는 잘만 긁힌다. 예쁜 것을 너무 많이 본 탓인지 졸음이 쏟아진다. 뇌에 과부하가 걸렸다.

사람들이 기차를 보고 손을 흔든다. 부끄럽고 귀여운 마음. 나도 미스코리아가 된 마음으로 손을 흔들어봤지만 열차 제일

끝에 있어서 그들의 가시거리에 들어가지 못했다.

다른 쪽 창가로 가서 풍경을 구경하고 있으니 철도 마니아 할아버지가 설명을 해준다.

"이 기차의 원리를 아니? 두 개의 바퀴 안에 바퀴가 하나 더 있는 구조야. 높은 곳에 올라가기 위해서지."

아이쿠 영감 또 시작이군, 하는 표정으로 할머니가 쳐다본다.

"두 분은 이 기차를 자주 타셨나요?" 하고 물어보자 "그렇지!" 하고 자랑스러운 표정으로 할아버지가 답하고 할머니는 여전히 입을 다물고 있다. 마니아, 즉 덕후들은 취미를 함께 즐겨주는 파트너에게 각별한 신경을 써야 한다. 항상 고마움을 잊지 말고.

기차는 완만하게 내려가기 시작한다. 사람들이 여기저기서 하품을 한다. 재미있는 영화도 두 시간이 지나면 힘든데 그럴 만하지. 그나저나 책을 읽거나 음악을 들을 여유가 없을 정도의 압도적 경치였다.

철길 옆에 견고하게 만들어진 돌담. 녹회색의 이끼가 끼어 있다. 뾰족한 지붕의 교회. 이 또한 군건하게 돌로 지어져 있다. 그 아래 옥색의 물이 흐른다. 두터운 구름이 끼었다. 저 너머 무슨 호른, 무슨 호른들이 있겠지. 내 눈에는 안 보여도 다 있겠지.

10분 뒤 체르마트Zermatt에 도착이다. 자동차가 들어갈 수 없는 청정마을 체르마트. 호른 중의 호른, 마테호른Matterhorn이 있는 체르마트.

나는 '알프스의 경이'라는 이름의 영화를 다섯 시간 반 동안 보고 완전히 기력을 소진하였다.

산장의 체르마트

산장의 밤은 고요했다. 나는 냉장고 대신 창문을 열어 난간에 우유와 주스를 두었다. 우유가 완전 얼어버리면 안 될 텐데. 겨울 알프스의 바람이 방 온도를 낮출까봐 서둘러 창을 닫았다. 멀리서 낯설고 큰 소음이 들린다. 눈사태일까. 사냥 소리일까. 아는 것이 없으니 상상력이 커진다. 사슴 자수가 놓인 두터운 커튼이 아름다워 한참을 만졌다. 침대에 누워서 천장을 보니 고급진 나무상자 안에 누워 있는 기분이다.

창문에서 몸을 길게 빼면 마테호른 봉우리가 보였다. 파라마운트 사의 얼굴. 날이 한 번도 개지 않아 영화 오프닝 같은 멀끔한 모습은 보지 못했지만 가끔 구름 사이로 보이는 모습만으로도 탄복할 만했다. 세상에서 제일 잘생긴 봉우리가 내 창문에서 보인다.

하루 일과는 단순했다. 마을버스를 타고 시내에 나가서 슈퍼에 들러 우유와 주스를 사고 카페에서 케이크를 먹고 돌아왔다. 동네가 평화로워 하루의 위기가 겨우 '하마터면 염소 우유를

살 뻔했다' 정도였다. 그 또한 친절한 마을 주민 덕에 피할 수 있었다.

마을 버스는 노선이 딱 두 개였다. 번호도 없다. 빨간 버스, 녹색 버스. 가격이 써 있지 않아 한참을 당황했는데, 알고 보니 공짜였다. 장바구니를 들고 탄 사람들은 연신 인사를 주고받았다. 그 사이에 스키를 든 관광객들이 뻘쭘하게 끼어 있다. 나로 말할 것 같으면 전자인 양 한갓지게 에코백을 메고 버스가 커브를 돌 때마다 균형을 잡으려고 애쓰는 관광객들을 안쓰럽게 바라보곤 했다.

돌아와서는 바로 잠옷으로 갈아입고 박완서의 에세이를 읽었다. 서랍 안에는 네스프레소 캡슐이 두 종류나 있었는데 실컷 마실 수 있다고 생각하니 오히려 잘 마시지 않게 되었다.

마지막 날 용기를 내어 이용해본 이 숙소의 레스토랑은 한 끼에 5만 원이나 했다. 당연하게도 몹시 맛이 좋았다. 체르마트는 그런 곳이었다.

BERNINA
EXPRESS
196 bridges, 55 tunnels

네번째 기차, 베르니나 익스프레스Bernina Express

베르니나 익스프레스의 줄임말은 `BEX`이다. 그러니 전광판에 분명 BEX 어쩌고 하고 나와 있어야 할 것이다. 하지만 그런 알파벳은 어느 플랫폼에도 없었다. 맙소사. 불안해서 물어보니 이게 베르니나 특급이 맞다고 하고 그나저나 4번 객차에 타야 하는데 4번이라고 적혀 있지는 않고, 동북아의 여행객은 패닉이다. 두 번이나 물어보고 객차에 타서 짐을 내려놓으니 안에 있는 전광판에는 베르니나라고 적혀 있다. 휴. 흘금거리며 다른 승객들의 행색을 보았다. 스위스에서 이탈리아로 넘어가는 특급열차를 즐길 준비가 된 사람들 같은가? 일단은 맞는 것 같다.

기차는 여러 종류 소시지를 한 줄에 묶은 듯 다양한 객차로 이루어져 있다. 클래식한 객차, 모던한 객차, 평범한 객차. 이런 구성의 열차는 중간에 분리가 된다. 나는 잘못된 객차에 앉아 엉뚱한 역으로 가면 어쩌나 하고 또 신경증이 도졌지만 다시 관광객의 미소를 띄고 있는 같은 객차 사람들을 흘금거리며 마음을 가라앉히려 했다. 여튼 네 시간 동안 가만히 앉아 있기만 하면 되는 것이다. 아, 역시 차장에게 도장을 받기 전까지 이 불안은 가라앉지 않을 것 같다.

"본 조르노!"

커피 카트 아저씨가 밝다. 이탈리아로 넘어가는 기차여서 그런 걸까. 확실히 분위기가 빙하특급과 다르다. 커피도 도자기 잔이 아닌 종이컵에 주었다. 캐주얼하다. 아저씨의 기세에 눌려 그라씨아쓰라고 대답을 해버렸다. (그라찌에라고 해야 하는데.) 그랬더니, 어 넌 스페인어를 할 줄 아니! 어디서 왔니! 하고 나의 출신을 물었다. 그러자 객차의 사람들이 하나씩 자신의 나라를 말하기 시작했다. 난 멕시코! 난 아르헨티나! 오 메시의 나라! 아저씨와 사람들은 메시를 외쳤다. 그러더니 아저씨는 일단 빨리 여기로 와보라고 나를 불렀다. 노래라도 시키려나. 가수인 걸 어찌 알았지. 그리고 창 아래를 보라고 말했다. 뜨레스, 도스, 우노. 와아아아. 저 밑으로 오래된 석교가 보였다.

노래가 아니어서 다행이다.

저 석교도 유네스코의 무엇이겠지. 객차 안은 시끌벅적하고, 창밖은 그새 눈이 녹아 겨울의 초라한 끝을 알리는 것 같다. 계속 공장지대가 이어진다. 검표원이 커피 카트 때문에 움직일 수 없게 되자 그냥 자리에 앉아버렸다. 또다시 와하하하. 오늘의 기차는 아무래도 바깥보다 안이 더 재미있을 것 같다.

나는 출출해서 크루아상을 먹기로 했다. 그나저나 유럽인에게는 크루아상의 부스러기를 흘리지 않고 먹는 요령이라도 있는 걸까. 내 자리는 또 난리가 났다. 내게는 상추쌈을 흘리지 않고 먹는 요령이 있다만.

출발한 지 한 시간이 지나니 절경이 펼쳐진다. 감흥이 크지 않다. 아무래도 며칠간 알프스를 너무 많이 보았다는 오만한 생각을 했다. 가장 높은 봉우리는 모습을 보여주지 않았다. 네가 여기까진 편하게 왔을지 몰라도 흥이다, 하고 구름을 둘러버렸다. 잘린 나무 밑둥에 눈이 쌓여 있다. 나무의 묘비 같다. 여기에 이 나무가 살았노라. 멀리 그랜드 부다페스트 호텔과 비슷해 보이는 오래된 호텔이 보인다. 여기는 아직 평화로운 겨울의 지배하에 있다. 작은 눈송이가 조용히 내린다.

눈보라가 치기 시작했다. 이런 눈보라 속을 편안하게 앉아

서 가는 기차여행이라는 호사. 베르니나 익스프레스는 창밖으
로 보이는 호수가 유명하다고 하지만 아무것도 보이지 않는다.
온통 하얘서 아름답다. 눈은 담담하고 잔인하다. 계속 내리고,
하얗게 덮어버리고.

　작고 아름다운 투명한 청회색의 빙하를 보았다.
　순간 아무것도 잃어버리고 싶지 않다고 생각했다.

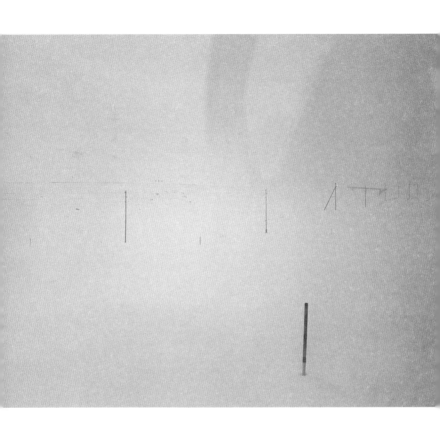

밀라노의 우울

티라노Tirano역에서 밀라노로 가는 기차를 탔다. 이제 완전히 이탈리아다. 이탈리아의 세계관, 이탈리아의 문법. 나는 긴장하면 입을 가리는 버릇이 있어 점퍼를 목 끝까지 끌어올려 입을 덮었다. 맞은편에 앉은 남자아이는 이미 너무 이탈리아인이다. 핸드폰으로 신나게 통화를 하더니 음악을 틀어놓고 따라 부르기 시작했다. 비바. 비바. 그가 신명나는 만큼 내 목은 움츠러든다. 소년은 왜 모두와 음악을 공유하지요. 왜 헤드폰을 쓰지 않지요.

기차 창문에는 이렇게 적혀 있다. '창문 밖으로 물건을 던지지 마시오.' 창문 밖으로 손을 내밀면 위험합니다, 또는 창문을 열 때는 조심하시오, 가 아니고 물건을 던지지 마시오. 그렇구나. 여기 사람들은 물건을 던지는구나. 앞자리의 남자애는 더욱 생명력을 뿜고 있다. 코를 푸흥, 하고 풀고 또 리듬을 탄다. 창밖으로 눈을 돌리니 안개 속으로 보이는 집의 정원이 엉망이다.

밀라노 중앙역에 도착했다. 대도시에 오니 긴장이 된다. 악명은 익히 들었다. 소매치기를 조심하세요. 집시를 조심하세요. 이탈리아 북부 사람들은 차가워요. 밀라노는 재미없어요. 그냥 대도시 같아요. 하루면 충분해요 등등.

밀라노 중앙역에 내려 지하철표를 사려는데 집시 여인이 다가와서 발매기 버튼을 대신 눌러주려고 했다. 바로 이거구나. 저러고 돈을 요구하는 것이겠지? 그러는 사이에 일행이 지갑을 가져가겠지? 나는 차갑게 필요 없다고 말하고 혼자 티켓을 뽑았다. 여인은 실망한 구석도 없이 뒤로 물러났다. 휴, 집시에게 당하지 않았다. 빈틈없는 나에게 감탄했다.

그리고 돌아서서 그녀가 다른 사람에게 하는 것을 보니 그냥 친절을 베풀고 있는지도 모르겠다는 생각이 들었다. 그녀가 원하는 것은 약간의 잔돈이었을까. 경계심 탓에 오버를 한 것 같아 마음이 안 좋다.

여행자의 특권은 편견을 가져도 된다는 점이다. 며칠 만에 어떤 장소를 제대로 파악할 수 있을 리 없다. 여행자에게는 단편적인 인상 몇으로 결론을 내릴 특권이 있다. 그리고 동시에 그 편견이 깨지길 바라는 모순적인 마음도 있다. 역시 가보지 않으면 몰라. 세상은 그렇게 단순하지 않아, 하고 깨닫고 싶은 욕심.

하지만 중앙역에서 숙소에 가는 동안 내 편견은 견고해졌다. 듣던 대로 밀라노는 멋의 도시였다. 풍성한 금발, 공들여 만든 것이 분명한 컬, 처음 보는 디자인의 루이비통 백을 든 여성과 매일 아침마다 가위로 직접 손질한 듯한 수염을 기른, 올리브색 울코트를 입은 남성. 이런 사람들이 길에 가득했다. 공작새들 사이를 걷는 것 같았다. 한 할머니는 미모사 색 쓰리피스에 검은 가죽부츠를 신고 걸어갔다. 자동차는 돌바닥을 질주하고 신호등은 금세 노란색으로 바뀌어 나는 배낭을 맨 채 허겁지겁 뛰어야 했다. 길바닥에 꽃잎이 뿌려져 있어 올려다보니 꽃집의 데코레이션이었다. 꽃잎을 길바닥에 장식으로 뿌리다니. 동북아인은 감탄했다. 거리에는 예쁘고 쓸데없는 것이 가득하다.

슈퍼에 들러 요거트를 샀다. 바닐라맛 유기농 요거트는 예쁜 유리병에 들어 있었고 800원 정도였다. 채소코너에서 적양배추를 보고 있다가 점원에게 윙크를 받았다. 지금? 이 타이밍에? 강아지를 보면 반사적으로 우쭈쭈 하는 그런 개념인가. 얼마 전까지 고요한 알프스 산장에 있던 나는 기력이 빠져버렸다.

나의 숙소는 올드 브레라Old Brera라고 하는 쿨한 동네에 있었다. 전세계의 쿨한 동네에는 공통의 특징이 몇 개 있다. 예를 들어 에이솝 매장이 있다는 것. 그런 모노톤 인테리어의 자연주

의 화장품 매장이 있는 동네는 쿨 동네이다. 도쿄로 치자면 지유가오카 같은 곳이라 할 수 있겠다.

밀라노 에어비앤비 집주인도 쿨했다. 검은 긴 머리의 날렵한 몸매에 가죽 재킷을 입은 그녀는 불친절하지도 그렇다고 막 친절하지도 않은 도시 사람의 예의 바른 거리감을 갖고 있었다. 이 도시에서 무얼 할 건지 어딜 여행중인지를 군이 묻지 않는다. 타인에게 별로 관심이 없는 대도시의 템포로 살고 있는 사람이다.

밀린 세탁을 하고 싶은데 이 쿨한 아파트에서 세탁기를 찾을 수 없다. 살금살금 이곳저곳을 뒤져봐도 세탁기가 없다. 아, 난처하다. 집을 몇 바퀴나 돌다가 결국 쿨한 집주인에게 세탁기를 찾을 수 없다는 문자를 보냈다. 가죽 재킷 입은 사람에게 이런 질문 하고 싶지 않았다. 그녀는 바보 취급 하지도, 귀여워하지도 않으며 친절하고 간결하게 세탁기 위치를 가르쳐주었다. (남의 방이라 생각하고 열지 않았던 곳이 세탁기가 있는 부엌이었다.)

이국의 말이 적혀 있는 세탁기는 항상 모험이다. 세제 넣는 칸은 과연 오른쪽일까 왼쪽일까. 한참을 고민하다 물이 나오는 오른쪽 칸에 세제를 부었는데, 아이쿠 페이크였고 몇 초 뒤에 왼쪽 칸에만 세차게 물이 나왔다. 허겁지겁 손으로 세제를 떠서 왼쪽으로 옮겼다. 혹시 오른쪽 칸이 유연제 칸이었을까. 그렇다면 마지막에 은은하게 세제 코팅이 되겠다.

집 근처에 몰스킨에서 하는 카페가 있었다. 가게 앞에는 두 카티 바이크가 주차되어 있었다. 들어가보니 맥북을 펴놓고 작업하는 젊은이가 반, 수다를 떠는 젊은이가 반이었다. 키가 큰 쿨가이 바리스타는 은은하게 눈을 맞추며 주문을 받고 은은한 눈빛과 함께 주문한 카푸치노를 건네주었다. 1.6유로.

이런 멋쟁이 도시에서 얼뜨기 점퍼를 입고 얼뜨기 역할을 해야 하다니. 진지하게 지금 입은 옷과 배낭을 박스에 넣어 집으로 보내버리고, 자라에 가서 구두부터 외투까지 싹 새로 사고 싶다. 혼자 구석에서 부들거리다가 역시 관두기로 했다. 그렇게 하고 다니면 밥값을 깎아주는 것도 아니고 이렇게 구석에서 얼뜨기를 하련다.

아까 그 바리스타가 나를 향해 걸어왔다. 그리고 얼굴 가득 미소를 지으며 말했다. "정말 미안한데 노트북을 꺼내서 작업하려면 2층에 올라가셔야 합니다." 얼뜨기는 고작 이 정도로도 잠시 설렜다.

이탈리아 남자들은 매사 이렇게 성의를 다하는가. 아까 점심을 먹은 식당의 할아버지 매니저도, 슈퍼 채소코너의 남자도, 쿨가이 바리스타도 지나가는 여성 생명체에게 성의를 다한다. 집적대는 것과는 다르다. 역시 성의를 다한다는 표현이 적절한 것 같다.

점퍼의 지퍼를 목 위까지 채우고 잰걸음으로 숙소에 돌아왔다. 10분만 걸어가면 〈최후의 만찬〉등 엄청난 예술 작품을 볼 수 있지만 기력이 없다. 정말 기력이 없다. 환영받는 여행객과 로컬을 침입한 불청객, 이번엔 왠지 후자가 된 기분이었다. 결국 이 메가 시티에 나는 마음을 열지 못하고 쿨가이 바리스타의 카푸치노만 세 번 마시고 밀라노를 떠났다.

CINQUE
TERRE
-five towns-

Monterosso
al Mare

Vernazza

Corniglia

Manarola

Riomaggiore

La Spezia

Mare Ligure

다섯번째 기차, 친퀘 테레 Cinque Terre

당신은 아마 나와 다른 풍경을 볼 것이고, 그것은 아마 내 것 보다 나을 것이다. 왜냐하면 나는 아주 게으른 여행자이기 때문 이다.

밀라노에서 제노바, 그리고 라스페치아 La Spezia 까지 기차를 탔다. 역사 바로 옆에 있는 여관에 묵었다. 목이 부어 편도, 염증 이라는 말을 이탈리아어로 찾아 약국에 갔다. 사탕을 주었다. 이 게 아닌데. 거의 모든 약국 앞에는 자판기가 있었는데 내용물 은 콘돔과 러브젤이었다. 비상시에도 러브젤을 사실 수 있습니 다…! 이 마을의 응급책은 소독약이나 밴드가 아닌 콘돔과 러브 젤이다. 얼굴이 벌겋고 웃음이 많은 아저씨의 식당에서 문어 요 리를 먹고 숙소로 돌아왔다.

친퀘테레를 방문한 이유는 많은 사람들이 유럽 10대 열차 풍경으로 그곳을 꼽았기 때문이다. 친퀘테레는 다섯 개 Cinque의 땅 Terre이라는 뜻이고 라스페치아 지방의 다섯 개 해안가 마을 을 뜻한다. 유네스코 세계유산이기도 하다.

처음엔 작은 해변가 마을 사이를 다니는 특별 관광열차를 상상했다. 라스페치아역에서 출발하는 작고 귀여운 열차. 가만히 앉아 있으면 마을의 아기자기한 모습과 해안가 절경을 감상할 수 있겠지, 하는 순진한 추측을 했다. 때는 마침 2월 14일. 혼자라도 로맨틱하게 보낼 수 있을 것이란 기대도 했다. 그런데 똑 떨어지는 정보가 없었다. 와보니 그 이유를 알았는데… (계속)

다음날, 라스페치아역에서 몬테로소 알 마레Monterosso al Mare 역까지 가는 기차표를 끊었다. 2.8유로. 나는 굉장한 기차 여행을 할 생각에 마음이 부풀었다. 앞으로 친퀘테레 기차 여행을 할 사람을 위해 나의 여정을 자세히 적어보겠다.

- 1시 15분, 라스페치아역 출발. 터널을 지났다. 기차는 아주 천천히 달린다.
- 1시 18분, 빨래가 널린 화단에서 담배를 피우는 콧수염 남과 눈이 마주쳤다.
- 1시 19분, 본격적인 터널에 돌입. 아, 아름다운 절벽과 바다가… 2초 정도 보였다. 다시 터널.
- 1시 24분, 첫 역인 리오마지오레에 도착. 터널 안에 정차하는

것이 인상적이다.

- 1시 28분, 마나롤라역에 도착. 따뜻한 봄기운이 서린 바다가 너무 예쁘다. 아, 역시 친퀘테레! 그리고 다시 터널.
- 1시 30분, 코르닐리아역. 정말 절벽 위에 마을이 있구나. 내려서 걷는 것이 필수인 관광코스겠다. 난 안 걸을 거지만. 또다시 터널. 아아, 바다가 가까이 보였…다가 금세 다시 터널.
- 1시 34분 베르나차역. 끝내주는 풍경! 또다시 터널.
- 1시 38분 종점 몬테로소 알 마레역에 내렸다.

  총 23분간의 터널 여행이었다.

그렇구나. 이 열차는 아름다운 해안가 마을을 굽이굽이 돌아다니는 열차가 아닌 각 마을을 터널로 잇는 실용적인 열차인 것이다. 난 어리둥절한 채로 해안가를 걸었다. 유명한 젤라또 집에 가서 바다를 보며 젤라또를 먹으려 했지만 문을 닫았다. 그 외에도 대부분의 가게가 문을 닫았다. 비수기인 것이다. 머리 위로 행글라이더가 느긋하게 날아간다. 눅눅하고 차가운 바람이 불었다.

구글맵을 뒤져 평이 좋은 식당을 찾았다. 누군가가 후기에

'여기서 파스타를 먹을 수 있다면 당신은 운이 좋은 것'이라고 적어두었다. 그럼 나는 운이 좋네. 맛집답게 간판에는 오스테리아,라고만 적혀 있다. 가게는 북적이고 있었다. 면은 수타 칼국수처럼 쫄깃했고 재료는 신선했다. 일행이 있었다면 두 배로 맛있게 느껴졌겠지. 마무리로 에스프레소를 시켰다. 초콜릿이 딸려 나왔다. 덕분에 밸런타인데이에 초콜릿을 먹었다.

다음 기차까지 시간이 많이 남았다. 벤치에 앉아 광합성을 했다. 아직은 조용한 이탈리아의 봄 바다, 기온은 18도다. 승강장이 공사중이라 어떻게 건너갈지 몰라 역무원 아저씨에게 물어보니 날아가라고 팔을 파닥였다.

3시 16분 기차를 탔다. 나는 친퀘테레를 조금 더 탐험하고 싶은 마음이 들어 중간 마나롤라Manarola역에 내렸다. 태어나서 처음 보는 아름다운 절벽 길을 걸었다. 절벽이라고 해봐야 높지 않다. 출렁이는 푸른 바다. 감싸는 햇빛. 빨갛게 핀 꽃. 이 정도로 아름다우면 혼자여도 충만하다. 걷다보면 리오마지오레Riomaggiore역으로 이어질 것이다. 그리고 안내문. '3월 3일까지 닫아둡니다.' 나는 왔던 길을 되돌아가는 수밖에 없었다.

라스페치아에 돌아오니 밸런타인데이라 모든 맛집이 전부 예약이 찼다. 간단히 누텔라 크레페를 먹고 젤라또를 먹었다. 목은 점점 부어올랐다. 잠시 차가운 것이 들어가니 좋았다. 입안이 달아 역의 맥도날드 겸 매점에서 커피를 샀더니 세상에서 가장 맛없는 커피가 나왔다. 이탈리아도 이럴 수 있구나. 약국에서 산 편도용 사탕에서는 소독약 맛이 난다. 마음이 어둡다. 내일은 꿈꾸던 장소에 가자. 피렌체에 가는 게 소원이었던 사람처럼 피렌체에 가자. 카운터의 루카는 누가 복음의 루카답게 예쁘게 말했다. 지난주 날씨는 얼마나 별로였는지 몰라. 넌 얼마나 행운이니. 오늘 봄이 왔어. 넌 정말 운이 좋아.

라스페치아 응급실 소동

일어나니 편도가 더 부어 있었다. 식은땀과 열. 심상치 않다. 병원에 가야겠다. 이럴 때를 대비하여 여행자보험을 들어두었다. 몇십만 원이 나와도 안심이다. 라스페치아에서 제일 큰 종합병원에 가기로 했다.

구글맵이 알려주는 대로 비실비실 버스를 타고 병원에 도착했다. 입구에 서니 아무것도 모르겠다. 목을 가리키며 연기를 하였다. 목이 부어 열이 나서 저는 힘이 없는 병자랍니다. 경비아저씨는 2층으로 가라한다. "쎄칸, 쎄칸 플로아." 아 거기가 응급실인가보지? 열에 취해 비실비실 계단을 올라갔다. 이 나라는 1층을 0층이라 하니 2층은 내 기준에 3층이렸다.

계단을 올라 여기 기준 2층에 가니 조용하다. 고등학교 같기도 하고 관공서 같기도 하다. 감에 따라 복도 첫 방의 문을 드르륵 열었더니 앉아 있던 환자들이 일제히 쳐다본다. 응급실 분위기가 아님을 알았다. 오면 안 될 곳에 온 것 같지만 가만히 있을 수는 없었다. 나는 까막눈 외국인이니까. "피버, 톤실 프라블럼,

피버. 베리 하이." 간호사가 난처한 표정으로 잠깐 기다리라고 하더니 금방 의사에게 안내해준다. 우와. 이렇게 간단하게? 정말 운이 좋군. 머리가 반쯤 벗겨진 의사는 날 부드러운 미소로 진찰하더니 쪽지를 적어주었다. '프론토 쏘코르쏘pronto soccorso.' 처방전인가?

종이를 들고 어리둥절해하는 내게 의사가 말했다. "예쁜아. 그래. 여기 이비인후과야. 맞게 왔어. 넌 편도가 부었구나. 하지만 넌 일단 응급실에 가야 해. 프론토 쏘코르쏘에. 알았지? 다시 만나."

지나치게 잘 찾아갔군. 생각해보니 응급실이 2층일 리가 없다. '프론토 쏘코르쏘'라는 단어를 몇 번 반복하고 건물 뒤편에 있는 응급실에 도착할 수 있었다. 아까 의사의 진료실과는 분위기가 판이하게 달랐다. 아까 건물은 하얗고 뽀송했는데 여기는 볕이 들지 않고 눅눅하고 좁다.

쭈뼛쭈뼛 접수실에 들어가자 간호사가 매섭게 말했다. "도큐먼트!" 아아, 친절한 사람과 불친절한 사람의 갭이 너무 커서 멀미가 난다. 무슨 도큐먼트를 어떻게 달라는 거지. 대기실을 둘러봐도 아무 서류도 없다. 고대로 다시 걸어나는 나를 보고 한 달 정도는 목욕을 하지 않은 것 같은 아저씨가 벙글 웃으며 다시 들어가보라고 한다. 어쩌지? 나 들어가요? 무안하지만 까막눈 외국인 병자이니 뻔뻔하게 굴 수밖에 없다.

들어가서 어슬렁거리니 아까의 접수 선생님께서 대놓고 눈치를 준다. 저 사람한테 잘못 보이면 영원히 진료를 받지 못할 텐데. 하지만 접수를 안 해도 영원히 진료를 받을 수 없다. 청소를 하던 여성과 눈이 마주쳤다. 내 처지를 눈빛으로 전했다. 나는 외국인이고 아프고 어찌할 줄 모르고 당신의 도움이 없으면 절망 속에 있을 수밖에 없어요. 감사하게도 그녀가 날 긍휼히 여겨 하늘 같은 접수 선생님에게 부드럽게 내 처지를 전해주었다. 도큐먼트는 여권을 말한 것이었나보다. 아휴. 진즉 가지고 있지요, 선생님. 여기 있습니다.

어디서 왔지?

사우스 코리아입니다.

사우스 코리아. 코리아. 코리아. 코리아. 케이. 케이, 없잖아! 케이에 코리아가 없잖아! 에스. 에스. 에스에도 사우스 코리아가 없어!

최고 권력자가 짜증을 내었다. '리퍼블릭 오브 코리아'를 말했다가 아니면 어쩌지. 다음주에나 접수를 받아줄 분위기다. 식은 땀이 났다. 그때 번뜩 생각이 났다.

선생님, 한국은 코레아 델 수드Corea del Sud니까, C에 있을지도 모릅니다. C요. 코레아 델 수드니까요. 네네. 씨 오 알 이 에이. 코레아입니다.

아아 C행에 다행히도 코레아가 있었다. 한국의 국가명 어떻게 좀 해주었으면 좋겠다. 나중에 들으니 스페인의 어떤 지방에서 내 친구는 K에도 C에도 R에도 S에도 한국이 없어서 진료를 받지 못했다고 한다. 남유럽에서는 경계를 늦출 수 없다.

접수는 어떻게든 했지만 번호표도 없고 전광판도 없다. 그녀가 이름을 불렀을 때 재빨리 들어가지 않으면 끝이다. 핑크색 나이키 신발을 신은 그녀는 이 공간의 최고 권력자였다. 의사도 그녀 앞에서는 초식 동물의 낯빛이었다. 그리고 모두를 아우르며 이 세계를 따뜻하게 바라보는 구원의 여신 역할은 청소부 아주머니가 맡고 있었다. 권력관계는 접수간호사 > 청소부 > 의사. 확실했다.

응급실에 도착한 시각은 오전 열한 시경, 나는 점심시간에 걸릴 것이 슬슬 걱정이 되었다. 남유럽 바닷가 마을 병원의 점심시간, 긍정적으로 생각하기 힘든 상황이다. 이미 이 공간은 대혼란이다. 아프고 난처한 사람들이 한 방에서 한없이 기다리고 있어 피로와 긴장감이 공기 중에 상당했다. 알고 보니 이탈리아의 응급실은 무료진료였다. 그래서 개인 의사가 없는 사람들은 이곳으로 온다. 그리고 외국인들은 무조건 응급실에 가야 한다.

갑자기 앞의 여성 둘이 왕와와오아왕왕, 하고 목소리를 높여 싸우기 시작했다. 아냐, 싸움이 아니겠지. 경상도 대화의 하드코어 버전 같은 거겠지. 한국인은 쉽게 놀라지 않는다. 알고 보니 역시 십자말 맞추기를 하는 것이었다. 둘은 10분 전에 처음 만났지만 마치 가족 같다. 로마! 로오마야. 저 칸! 아니야! 그거 틀렸어! 결국 점심시간에 걸렸다. 맞은편에 앉아 있던 할아버지는 포기하고 돌아갔다.

밥도 못 먹고 추운 접수실 의자에 앉아 있으니 병세가 심해지는 느낌이다. 나는 에너지가 방전되어 창틀에 기대어 졸다가 문이 열릴 때마다 눈을 번쩍 뜨고 목을 쭉 뺐다. 뭐시기노비치라는 이름이 내 이름일 리는 없겠지. 그래도 누군가가 들어간다는 것이

다행이다. 점심이라고 올스톱은 아니네. 기대치가 점점 낮아진다. 어디선가 커피 향기가 났다. 자판기 음료라도 마셔야겠다.

자판기 앞에 서니 커다란 원두 통이 보였다. 놀랍다. 버튼을 누르면 그때부터 원두를 갈아서 커피를 만드는 시스템이었다. 그런 에스프레소의 가격은 0.5유로. 그렇구나. 번호표도 전광판도 없어도 커피는 갓 갈아 만든 에스프레소를 마셔야 하는 것이다. 당장 설탕을 몸에 넣어야 할 것 같아 초콜릿 라테 버튼을 눌렀다. 잘 저어 먹으라고 플라스틱 막대가 같이 나왔다. 아, 이탈리아. 음식을 향한 집념.

카스틴 요하미. 내 이름이 아닌 건 알겠다. 그로자 페라리. 내 이름이 아닌 건 알겠어. 마라, 도 내가 아니다. 무료의료란 별로 아프지도 않은데 공짜라고 응급실로 기어오는 인간들을 혼쭐내는 시스템이었다. 날 접수했던 황제께서는 유유히 퇴근하셨다. 새 지배자가 내 존재를 알아줘야 할 텐데. 모르는 얼굴이 늘어간다. 같이 앉아 있던 사람들은 진료를 받은 걸까. 포기하고 돌아간 걸까. 가능하다면 몇만 원을 내고 지금 당장 항생제와 해열제를 받아 돌아가고 싶다. 돈다발을 흔들고 싶다. 일어나고 싶지만 기다린 게 억울해서 돌아갈 수가 없다. 원래 타려던 3시 40분 기차를 포기했다.

닉 조르니도, 스파리시 다셀도, 카미란토 세이도, 에레아도, 로우피니도, 몬티니도, 흐아에아히아이요도 진료를 받았다. 세 시간 반이 지났다. 여기 날 가엽게 여기는 사람은 아무도 없나요? 화가 나서 접수실 안을 들여다보았다. 병상에 누운 사람을 금색의 셀로판으로 싸고 있었다. 돌아가셨나보다.

생각해보니 당연하다. 여기는 응급실. 편도 정도 부었다고 징징대는 사람은 뒤로 밀릴 수밖에. 멍하니 창문 안을 보는 내게 접수 간호사가 말했다. '히운 호.'(J를 'ㅎ'로 읽었다) 그래. 네가 아침에 온 것을 알아. 하지만 기다려야 해. 네 앞에 원투쓰리포파이브. 다섯 사람이 있군.

동기들이 다 졸업하고 나만 남았다. 네 시간 반이 지나서 드디어 의사를 만날 수 있었다. 긴 파마머리의 노련한 여자 의사는 1분 만에 진료를 마쳤다. 흠. 편도염이네요. 약을 처방해줄게요. 저 네 시간 반 기다렸어요, 하고 말했더니. 나도 알지만 어쩔 수 없어, 하고 어깨를 으쓱한다. 그러게요 그렇네요.

병원 앞 약국에서 항생제와 해열제를 받아 나왔다. 2만 원 정도가 나왔다. 여행자 보험은 만8천 원이었다. 난 딱 2천 원어치 노련한 것 같다.

여기는 토스카나의 피렌체요

피렌체, 토스카나의 주도. 위대한 메디치의 땅. 산타마리아 노벨라의 본점이 있는 곳.

피렌체는 슈퍼부터 달랐다. 피렌체역에 붙어 있는 슈퍼는 신세계 본점 지하보다 퀄리티가 높아 보였다. 맘마미아. 나는 토스카나의 물 아쿠아판나를 0.7유로에 사서 들고 나왔다.

마우로의 에어비앤비는 정말 좋았다. 그는 피렌체 출신인지 이 도시에 대한 애정이 대단했다. 그 애정은 내게 큰 도움이 되었다.

"새로 생긴 오페라좌는 싼 자리도 소리가 좋을 거야. 이번주에는… 응 그래 슈만과 멘델스존이네. 정말 좋을 거야. 그리고 이 극장, 오데온은 세계에서 가장 아름다운 극장 중 하나야. 추천할게. 그리고 보볼리 궁전에 가서 경치를 보면 좋지. 아 그리고 이번주 토요일은 메디치의 무슨 날이라서 무료 개방을 한대."

모든 말이 꿀 정보인 것이다. 나는 그의 말에 따라 착하게 오페라좌의 콘서트를 예약했고 (두번째로 좋은 자리가 144유로가 아닌 44유로였다) 오데온의 토요일 여섯 시 반 영화를 예매했다. (8

유로에 자리는 비지정이었다.) 보볼리 궁전과 무슨 날의 무료 개방은 천천히 생각하자.

그는 마지막으로 덧붙였다.

"시내에 별 볼일 없는 물건만 갖다놓은 백화점이 있어. (한심하다는 표정과 손짓을 한 후.) 하지만 5층 카페는 경치가 아주 좋아. 두오모가 보이거든? 음식은 비싸고 그냥 그래. 커피 한 잔은 경치 값으로 낼 만하지. 비싸지만 말야."

마우로가 말한 카페에 가보았다. 테이블은 거의 차 있었고 웨이터는 내게 관심이 없다. 주문을 할 수가 없었다. 경치는 과연 말한 대로 좋았다. 저녁과 밤의 경계, 20분만 더 기다리면 색이 변해가는 두오모를 즐길 수 있을지도 모른다. 하지만 몸도 마음도 너무 추웠다.

너무 아름다운 도시에 오면 어쩔 줄을 모르겠다. 너무 화려하고 너무 복잡한 피렌체. 어서 어디 구석진 곳의 카페에 숨어야 할 것 같다. 그런 카페에서도 제일 구석자리에 앉아서 메뉴도 잘못 고르고 어버어버 하다가, 결국 오늘의 메뉴를 시키고 입에 맞지 않아 쩔쩔매다가, 메뉴를 추천해준 아름다운 직원이 와서 걱정하는 눈빛으로 맛이 별로였냐고 물으면, 손사래를 치면서 너무너무 맛이 좋은데 내가 지금 위가 안 좋아서 그렇다고 배를 움켜쥐는 시늉을 했다가, 엄지를 치켜세웠다가, 남은 걸 봉투에 담아 터덜터덜 돌아오는 그런 날을 보내게 될 것 같다. 오늘이 바로 그랬다. 식은 라자냐를 숙소 냉장고 안에 넣었다.

피렌체에 오면 티본스테이크를 먹어야 한다길래 식당을 찾아갔다. '오픈 테이블'이라는 앱이 있는데 근처에 무슨 식당이 있는지 어떤 프로모션이 있는지 알 수 있고 앱으로 예약도 할 수 있다. 네이버 블로그에 나오는 4대천왕스러운 가게를 피해 근처의 아담한 곳을 선택했다. 사실 20퍼센트 할인에 혹했다.

티본스테이크는 100그램당 5유로였다. 뼈가 붙어서 기본적으로 무겁다. 보통 500그램이 넘는다고 한다. 남으면 싸가지 뭐. 감자를 곁들이니 웨이터가 뭘 좀 안다는 미소를 보냈다. 와인까지 시켰으면 더블 미소를 받을 수 있었을 텐데. 스테이크가 나왔다. 두께는 2센티, 완벽한 미디엄레어였다. 무엇보다 지방이 너무 쫀득하고 고소했다. 감자도 이렇게 맛있을 수가 없었다. 어떻게 이렇지. 이것이 토스카나인가. 메디치 가문의 풍요로운 땅이여.

옆방은 회식인가. 아저씨들이 다 같이 축구를 보고 있었다. 토스카나 와인을 마시며 티본스테이크를 먹으며 보는 축구. 한국으로 치면 참이슬에 오겹살을 먹으며 보는 축구 같은 것일까. 웨이터들은 점잔을 빼고 있지만 사실은 동네 사랑방 같은 가게가 아닌가. 경기가 박진감이 넘치는지 아저씨들은 계속 소리를 지른다. 나도 같이 몇 번 박수를 쳤다. 20퍼센트 할인이 과연 적용될지 식사 후반부터 마음을 졸이고 있었는데 깔끔하게 할인이 적용된 영수증이 나왔다.

메디치 가문은 정말 잘났었나 보다. 그리고 피렌체라는 도시도 아주 오랜 시간 잘났었나 보다. 그런 공기가 있다. 아무것도 증명하지 않아도 되는 도시, 콤플렉스가 없는 도시. 응 여기는 토스카나야. 멋지지? 나도 알아. 한번 경험해보렴. 메디치 가문의 혼령이 말한다. 유니클로 점퍼를 입고 온 동양인은 그저, 예예 멋지구 말구요. 그럼 저는 잠시 몸이 안 좋아서… 하고 구석에 가서 쭈그리게 되는 그런 아름다움이다. 마우로의 아파트 거실의 탁자는 백 년은 훌쩍 넘어보였지만 세탁기는 이케아였다. 빨래를 돌리며 이 화려한 도시를 앞에 두고 어떻게 해야 할지를 생각했다.

아울렛과 멘델스존과 열쇠소동

이탈리아에서 버스를 타려면 보통 몸짓으론 안 된다. 다급하고 격렬하게 내가 버스를 탈 것이란 걸 알려야 한다. 사람들은 정류장에서 느긋하게 흡연을 한다. 59분 버스는 56분에 이미 와버렸다. 버스 안에서 버스표를 사려고 하니 표가 없다고 그냥 타라고 했다. 한 할머니는 젊은 여성의 가방을 보며 참견을 한다.

아유 칠칠맞게 가방을 열고 다니고 말이야. 요즘 아가씨들은 조심성이 없어. 가방 저거 저거 다 저렇게 열고 다니면 누가 다 가져가지. 사람이 꼼꼼해져지. 젊은 사람들은 너무 마음이 급해. 가방을 침착하게 잘 간수하고 다녀야지.

여성은 당혹스러운 표정이지만 할머니의 낮고 허스키한 목소리의 이탈리아어는 멈추지 않는다. 그런 이탈리아의 버스를 타고 나는 아울렛에 간다.

한때는 무소유의 여행을 하고 싶었다. 배낭의 무게는 욕심의 무게라며 도합 8.9킬로 무게의 배낭을 자랑스러워했다. 하지만 나는 오늘 결국 굴복한다. 무소유는 무슨 무소유란 말인가. 사실 이미 밀라노를 떠나는 날 홀린 듯이 폐점 직전의 자라에 들러 옷을 한 무더기 사고 다음날 우체국에서 박스로 보내버렸다. 이탈리아를 만끽하려면, 진정한 모-던 팝아트를 보려면 아울렛에 가야 하는 것이다. 뒤늦게 철이 든 나는 털레털레 아울렛 셔틀 버스에 올랐다.

명성은 익히 들었다. 하지만 이 정도일 줄은 몰랐다. 돌체앤가바나의 에나멜 메리제인 구두가 150유로. 비싸지만 싸다. 원래는 450유로였으니까. 갑자기 도파민이 확 분비되었는지 뛰고 싶은 마음이 들었다. 공부를 하려면 그전에 공책을 사야지. 나이키에 들어가서 머리부터 발끝까지 러닝 세트를 맞췄다. 바람막이. 스포츠브라. 러닝팬츠. 양말. 러닝슈즈. 전부 160유로. 그리고 점원에게 말했다. 잠깐 맡아주세요. 샘소나이트에 가서 가장 큰 트렁크를 사와서 오늘의 쇼핑 품목을 전부 넣었다.

억누르고 있던 욕망을 전부 발현시키는 날이다. 파스타는 이제 됐다. 한국 식당에 가서 제육볶음과 순두부를 급하게 먹었다. 오늘의 일정은 꽉 차 있다. 우아한 시간을 보내고 싶은 욕망을 위해 피렌체 교향악단의 공연표를 사두었다. 오랜만에 먹는 쌀밥과 순두부의 맛을 음미했다가는 공연에 늦을지도 모른다.

트렁크를 숙소에 두고 뛰고 또 뛰었다. 토할 것 같다. 이탈리아라면 좀 늦게 시작하지 않을까? 하는 희망을 잠시 가져보았지만 아니었다. 빨간 나비넥타이를 맨 청년은 나를 데리고 2층을 뱅뱅 돌았다. 하도 돌길래 중간에 어디 구석에서 한번 혼나고 가는 줄 알았는데 다행히 종착지는 2층 지각자를 위한 객석이었다.

유럽 도시에 가면 그 도시의 공연 일정을 체크하곤 한다. 아름다운 건물 속에서 아름다운 음악을 저렴한 가격으로 듣고 느낄 수 있다. 바르셀로나에서는 베토벤, 포르투에서는 말러를 들었다. 음악을 하는 사람이지만 음악은 나의 기억에 색채로 남는다. 비오는 날 포르투의 말러는 회색이었고, 바르셀로나의 베토벤은 화사한 핑크와 금빛이었다. 피렌체는 우아하고 생기 있는 녹색이다. 지휘자는 엉덩이를 흔들며 지휘를 했다. 야, 이렇게 아름답잖아, 즐겨, 인생은 아름다워, 하고 둔부로 말하는 것 같았다. 결혼행진곡이 나왔다.

인터미션 동안 자리를 옮겼다. 내가 산 1층 한가운데 자리에서는 돈 냄새가 났다. 동양인은 나뿐이었다. 흑인도 없었다. 피렌체의 부자 중장년층은 다 모인 듯 했다. 은발과 대머리의 클래식 애호가들. 할머니들이 두르고 있는 숄, 사람들의 가죽 구두, 서로 얼싸안는 다정한 이웃들의 팔에 둘러진 번쩍이는 시계. 이런걸 유심히 보는 건 천박한 짓이지만 눈길이 닿는 곳마다 그런 요소뿐이었다. 땀에 젖은 스웨트셔츠가 부끄러워졌다. 괜히 립스틱을 꺼내 발랐다.

공연이 끝났다. 집으로 돌아오는 길, 세상이 실제보다 붕 떠 보였다. 자극이 너무 많았는지 두통이 멈추지 않는다. 그도 그럴 것이 오늘 종일 사고 먹고 뛰고 보고 들었다. 아울렛의 구두도, 빨간 순두부도, 지휘자의 엉덩이도 어느 하나 소화시키지 못한 채 머릿속에서 빙빙 돌기만 했다.

집에 도착하여 대문 열쇠를 돌리자 열쇠가 부러졌다. 쇠로 된 멀쩡한 열쇠가 뚝, 하고 부러졌다. 믿을 수 없었지만 사실이었다. 장대한 하루의 마지막, 이 뻐렁치는 기운은 쇠도 부러뜨렸다.
어떻게 쇠로 된 열쇠가 부러지지, 하는 의문은 차치하고 더 나쁜 점은 열쇠조각이 안에 박혀 다른 사람들이 문을 열 수 없게 되었다는 것이다. 이 아파트에 사는 모두들 어쩌면 좋지. 신나게 토요일을 즐기고 대문을 열려는데 열쇠가 구멍에 들어가지 않는다. 얼마나 화가 나고 어이없을까.

나는 패닉에 빠져 집주인 마우로에게 연락을 했다.

대문의 열쇠가 부서졌어요!

나는 그가 내게 낼 화와 배상금이 너무 걱정되었다. 답은 오지 않았지만 그동안 들어오지 못할 사람들을 생각하니 가만히 있을 수 없어 1층으로 내려가 문에 종이상자를 접어 괴어놓았다. 그걸로도 안심이 되지 않아 벽 뒤에서 지켜보니 역시 이탈리아인들, 괴어둔 걸 발로 차버리고 문을 쾅 닫았다. 나는 뛰쳐나가 손을 흔들며 열쇠가 고장났다고 문을 열어두어야 한다고 하소연했다. 오케이 오케이. 다들 침착했다. 어떻게 그렇지? 열쇠는 원래 부러지기 마련이야, 이런 느낌의 침착함이다.

집주인에게 드디어 연락이 왔다.

나는 토요일이라 놀고 있어서 지금 바깥이야. 관리인도 지금 퇴근했고 어쩔 수 없네. 일단 쉬어~

이 사람도 침착하다. 나는 그럴 수 없어 한참을 1층 벽 뒤에 숨어 사람들의 출입을 지켜보다 무거운 발걸음으로 방으로 돌아갔다.

집주인의 해결했다는 문자를 받고 내려가보니 이탈리아어

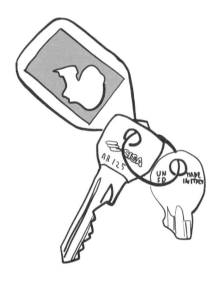

로 휘갈겨 쓴 종이가 하나 붙어 있었다.

'어떤 멍청이가 열쇠를 부러뜨려서 열쇠구멍이 망가졌으니 문을 닫지 말아주시길~ 죄송~'

내 눈에는 이렇게 읽혔다.

지휘자의 엉덩이가 생각났다. 실룩실룩.

즐겨, 이 인생을. 이 도시가 온몸으로 내게 말하고 있다.

극장 오데온

마우로가 자랑스러운 피렌체에 대해 설명을 해줄 때 가장 기억에 남는 곳은 극장 오데온이었다. 아름다운 아르누보 극장에서 영화를 볼 수 있으니 시간이 되면 체크해보도록 해. 여기 팸플릿이 있어. 아니 지난달 것이군. 여튼 홈페이지에서 뭘 상영하는지 볼 수 있을 거야.

베리 뷰티플 씨어터. 뷰우티플.

아, 그곳에 가면 아르누보의 향취도 느끼고 영화도 볼 수 있고 무엇보다 가만히 앉아만 있으면 되는 것이 아닌가. 가장 내취향의 문화체험이었다. 영화 보는 내내 자동 아르누보 체험이잖아. 미술관에 가지 않아 생긴 마음의 가책도 덜어졌다.

영화 시간을 체크해보았더니 하루에 한 번 여러 개의 영화를 번갈아가며 상영하는데, 마침 보고 싶던 영화 〈컨택트〉를 하고 있었다. 표가 있을까 걱정이 되어 미리 매표소에 갔다. 역사와 전통의 극장에서 영화를 볼 수 있는 기회니까 표를 구하기 어렵지 않을까. 토요일 표 남았나요? 하고 묻는 나에게 매표원은 별 질문을 다… 하는 표정으로 표를 주었고 표에는 좌석번호도

적혀 있지 않았다. 전통의 극장은 생각보다 헐렁했다.

영화 덕분에 시내 한가운데에 나갔다. 오며가며 보이는 성당은 정말 아름답다. 하늘 위로 작은 새들의 무리가 날아갔다. 그리고 마주하게 되었다. 프라다. 너무 상징적이고 너무 환하고 너무 매력적이라 이끌리듯 들어갈 수밖에 없었다. 이탈리아에 오면 모두들 프라다백 하나는 사간다고 한다. 하다못해 지갑이라도 사가야 손해가 아니라고 한다. 돈을 써야 손해가 아니라니 궤변 중 궤변이지만 이 환한 공간 안에선 어째 이치에 맞는 말 같다. 내 차림은 항상 그렇듯 후줄근했지만 '나는 의외로 중국인 현금 부자일지도 모릅니다?' 하는 설정으로 이 가방 저 가방을 자신 있게 들어보았다. 퍼뜩 정신을 차려보니 영화가 시작할 시간이다.

로비의 대리석 벽에는 돌비 서라운드 시스템 현판이 붙어 있다. 당시에 얼마나 자랑스러웠을까. 붉은 조끼를 입은 직원이 표검사를 했다. 바 스탠드에는 알록달록하게 술병이 늘어서 있고 옆에는 오래된 팝콘 기계가 있었다.

그래도 영화 보기 전에 커피는 마셔야지. 아메리카노를 주문했다. 1920년에 지어진 아르누보 극장의 전통 있는 바 스탠드에서 아메리카노를 찾다니. 주문을 받은 웨이터의 눈썹이 그렇게 말하는 순간 깨달았다. 뒤늦게 주위를 둘러보니 다른 손님들은 에스프레소를 털어넣고 극장 안으로 바삐 들어가고 있었다. 두 웨이터는 바쁘게 대화했다.

이 멍청이가 아메리카노를 달래. 메뉴에도 없는데.

룽고로 뽑아줘서 보내.

테이크아웃을 한다고? 이 멍청이.

도자기 잔에 마시고 가야지. 얼간이 같으니.

정 원한다면 이 허접한 잔에 넣어주지.

난 싱글거리며 1.5유로를 내고 얇고 하늘거리는 플라스틱 잔에 에스프레소 룽고를 받아들었다. 엄청나게 뜨거웠다. 좋은 주문이 아니었다는 사실을 아주 잘 알겠다. 상영관의 불은 이미 꺼진 상태였다. 아르누보 극장의 커튼이 열리고 상영관 불이 스르륵 꺼지는 장면을 놓쳤다. 정말 멍청이 얼간이.

영화는 이렇게 흘러갔다. 언어학자인 에이미 애덤스가 갑자기 나타난 외계인과 소통을 하고 그 과정에서 자신의 과거와 현재 미래와 만난다. 역시 만남이란 자신을 더욱 잘 알게 되는 과정이다. 이렇게 이야기에 흠뻑 빠져들고 있는데 갑자기 극장에 불이 켜지고 스크린에 글자가 떴다. '인떼르발로.'

뭐? 두 시간짜리 영화 중간에 인터미션이 있다고? 놀라는 사람은 나뿐, 사람들은 아는 얼굴을 찾아 얼싸안고 인사를 한다. 내 머릿속 오데온은 권위 있는 전통의 극장, 그래서 행동도 조심스러워지는 공간이었는데 와보니 오래된 동네 영화관이지 않은가. 아르누보고 뭐고 우리에겐 그냥 동네의 낡은 단골 영화관이라오.

인터미션 덕에 화장실에 다녀왔다. 전통의 극장은 화장실이 한 칸이었다. 앞에 사용한 틴에이저와 수줍게 눈인사를 했다. 우아하게 극장의 불이 다시 꺼졌고 화면은 하얀 채로 돌아오지 않았다. 라디오처럼 음성만 나왔다. 황급하게 불이 다시 켜졌고 옆자리 사람은 아아, 탄식을 내뱉으며 신문을 착 펼쳤다. 마치 이럴 줄 알고 가져 왔다는 느낌이다. 동북아인인 나는 몹시 당황했다.

영사실 사람은 고생중이었다. 스크린에 다음달에 하는 이벤트 화면이 나오더니 그다음 〈유희왕〉 포스터가 나왔다. 맘마미아! 이탈리아인들이 웃으며 박수를 쳤고 한 신사가 일어났다. 맘마미아! 어쩌구 저쩌구! 삿대질 삿대질. 그러다 다른 영화가 재생되기 시작했다. 또 맘마미아! 단체로 삿대질. 그러다 〈컨택트〉의 한참 뒷부분이 재생되었다. 모두 일제히 탄식. 그러다 영사실에서도 포기했는지 아무것도 나오지 않았다. 그러다 영사실에서 한 남자가 걸어나와서 난처한 표정으로 뭐라뭐라 말했다.

아니 저도 계속 해보고 있는데 이게 안 나오는데… 5분만 더 해보고 안 되면 환불해드릴게요.

손가락 다섯 개를 쭉 펴고 말해길래 추측해본 것이다. 환불은 무슨 환불이야. 맘마미아! 아주 얼척이 없구만. 관객들은 불평하면서 계속 웃고 있었다. 진심으로 짜증을 내는 사람은 내 뒤의 시네마 청년뿐이었다. 아무래도 오늘 그의 블로그에 오데온에 대한 욕이 올라올 것 같다.

난 이렇게 된 김에 극장을 천천히 구경하기 시작했다. 우아한 회색과 파란색. 이탈리아 사람들은 파란색을 참 고급스럽게 잘 쓴다. 산타마리아노벨라 매장도 그랬다. (그렇다. 이미 가서 홍차도 마시고 전설의 고현정 크림도 두 통 사왔다) 겨자색 벽. 의자도 겨자색이다. 팔걸이가 엄청 푹신하다. 두터운 카펫 바닥이지만 생각보다 먼지 냄새가 나지 않았다. 잘 관리하는 걸까. 무대 위에는 가면모양의 금색 장식이 여러 개 달려 있었다. 예전에는 연극을 했겠지. 그리고 두터운 붉은 커튼의 권위. 빨리 왔으면 저 커튼이 스르륵 걷히는 걸 볼 수 있었을 텐데, 어울리지도 않는 프라다 가방을 들어보느라. 어휴 멍청이.

구경도 지쳐간다. 아 나는 에이미 애덤스랑 외계인과 지구가 어떻게 되는지 알지 못한 채로 찜찜하게 돌아가야 하는 걸까. 나중에 올레티비로 중간부터 보면 얼마나 감흥이 떨어질 것이냐. 이런 생각을 하고 있는데 영화가 재생되었다. 나를 포함한 관객들은 환호하며 박수를 쳤다. 애초에 칭찬해줄 일은 아니지만 그랬다. 뒷자리의 시네마 청년, 정말 잘됐다. 그죠. 다행히 나는 에이미 애덤스가 어떻게 지구를 구했는지 알 수 있게 되었다.

영화를 보고 나서 피렌체에 살고 있는 친구를 만났다. 황금가면이 웃고 있는 극장에서 SF영화를 보고 나와서 홍대에서 함께 음악을 하던 친구를 만나 피렌체 강가에서 물소 치즈가 들어간 파스타를 먹었다. 대체 어느 시공간에 있는지 알 수 없었다. 여기가 홍대인지 피렌체인지, 우리가 20대인지 30대인지, 지금이 2007년인지 2017년인지, 머릿속 한구석에는 계속 외계인과 에이미 애덤스가 대화를 하고 있었다. 그날 밤 테드 창의 원작을 찾아 읽고 잤다. 묘한 21세기의 피렌체.

누가 두오모에서 만나자거든

피렌체를 떠나는 날이다. 갑자기 아쉬움이 도져 기차를 타기 전 두오모에 올라가보기로 했다. 한 시에 나폴리로 가는 기차를 예매해뒀는데 시간을 바꿔야 하겠다. 의외로 '트렌 이탈리아'는 관대하게 나의 예약을 변경해주었다. 이탈리아는 변덕에 관대한 나라라는 나의 편견이 강해졌다.

그런데 두오모의 예약이 또 묘했다. 두오모 예약 사이트에서 결제를 하고 나니 시간을 따로 지정해야 한다는 메시지가 나왔다. 왜 두 개를 한꺼번에 진행하지 않지? 황급히 시간을 예약하는 페이지를 따로 찾았다. 역시 마음이 앞서는 사람들을 위한 나라라는 편견 또한 강해졌다. 마지막에 예약번호라고 스무 자리쯤 되는 숫자가 나왔다. 좌우지간 이상한 나라다.

시간에 맞춰 두오모에 가보니 줄이 아주 길다. 건물은 화사하고 정교하고 압도적이다. 경비는 적당히 줄을 끊어 들여보낸다. 대충 자기 마음인 것 같다. 좁은 계단을 올라가야 하니 안전상 이해는 간다. 하지만 이렇다면 어제 해둔 시간 예약의 의미가 없다. 경비는 이죽거리며 줄을 내 바로 앞에서 끊었다. 나는 한

시 예약이라고 말해봐야 소용이 없었다. 그렇다면 시간 예약을 왜 받았는가. 사랑하는 사람이 10년 뒤에 모월 모일 모시에 두오모에서 만나자고 하면 어쩌나. 그 시간대 표를 못 사면 끝인데. 그 시간대 표를 사면 뭐하나. 앞에서 줄이 끊기면 끝인데. 한 시부터 두 시 45분대 입장까지 위에서 버티고 서 있을게! 이런 식으로 약속하는 수밖에는.

줄을 선 지 25분이 지났다. 남들이 좋다는 걸 하는 것과 내가 지금 좋은 걸 하는 것, 남들이 좋다는 두오모를 보려고 한자리에 30분째 서 있는 것과 이불 속에서 사그락거리는 감촉을 느끼는 것, 여행은 줄다리기다. 승자는 없다.

드디어 입장이다. 바코드를 찍고 들어가야 하는데 내 바코드가 찍히지 않는다. 아 제발! 알고 보니 표 구입 바코드와 입장 시간대 바코드, 이렇게 종류가 두 가지였다. 이상한 나라다!

내 앞의 가족을 따라 계단을 올라간다. 심심해서 내가 루시라는 여자아이가 되었다고 상상하는 놀이를 했다.

안녕하세요. 저는 루시라고 해요. 엄마아빠가 저를 입양한 후에 두 남동생 루카와 엘리오가 태어났어요. 시골에 사는 우리

다섯 가족은 피렌체에 처음으로 놀러와서 두오모에 오르고 있어요. 저는 루카와 엘리오가 넘어지지 않도록 뒤에서 지켜보고 있지요. 루카는 장난이 심하고 엘리오는 얌전해요. 사실은 이 아름다운 도시에서 혼자 걸어다니고 싶어라!

루시 놀이를 한참 하고 나니 둥그런 지붕 아래에 도착했다. 아 여기가 두오모구나. 천장에 환상적인 그림이 그려져 있다. 점잖은 천사들, 그 옆에 악마들이 불막대기를 항문에 (죄송합니다) 꽂고 있는 모습이 보였다. 험한 일은 다 악마 시키는구나. 그나저나 이게 다인가? 입장료가 좀 아깝다 싶은 순간 멀리 계단이 보였다. 아뿔싸, 여기부터가 진짜 시작이었던 것이다.

좁고 긴 계단을 오르고 또 올랐다. 루시 놀이를 할 여유도 없었다. 헬리콥터 택시라도 부르고 싶었다. 아, 역시 오르는 행위가 싫다. 무를 수 없는 것이 싫다. 택시를 탈 수 없는 곳이 싫다.

이러다 심장이 위험하겠다 싶은 타이밍에,

바로 그 경치가 펼쳐졌다. 수천 개의 붉은 갈색 지붕. 짙고 옅은 노란색 벽들. 저 멀리 보이는 설산. 토스카나의 풍경. 네 살짜리 꼬마애는 과자를 먹으며 춤을 춘다. 아가, 나는 너보다 체력이 없나봐. 한 꼬마는 사진 찍히기 싫다며 울음을 터트린다. 저 마음을 더 가까이 알 것 같다. 탁 트인 광경을 보며 생각했다. 아, 사랑하는 사람이 두오모에서 만나자고 하면 천년의 사랑도 식겠구나, 하고.

개똥과 나폴리

다니다보니 이런 에어비앤비도 만난다. 높은 천장에는 샹들리에가 매달려 있었고, 그 아래 중후한 양탄자가 깔려 있었다. 밝은 올리브색 벽은 경쾌했고 원목 계단은 반질반질했다. 침대는 오만하게 높았다. 누군가 콩을 놓아준다면 다음날 어쩐지 허리가 아팠어요, 하면서 깰 텐데. 그 옆에는 에스프레소 기계와 빵과 초콜릿이 가득찬 바스켓이 있었다. 드레스룸은 방 하나만큼 컸으며 장식장은 몇 세기의 것인지 궁금해질 정도였다. 날 안내해준 사람은 자신을 메이드라고 밝히며 여기에 살고 있으니 필요한 게 있으면 언제든지 부르라고 말했다. 부자의 박애주의적 취미 덕에 이런 집에도 묵어본다.

　마누엘의 집은 나폴리 그 자체였다. 이 집에 최대한 오래 있는 것이 나폴리를 최대한 만끽하는 것 아닐까. 나는 태어나서 입어본 것 중 가장 폭신한 배스로브에 감싸여 아까 기차에서 만난 귀여운 여자애를 떠올렸다. 나를 향해 뭐라 알아들을 수 없는 이탈리아어를 귀엽게 하길래 최대한의 미소로 보답했는데 지금 생각해보면 바보바보똥꾸똥꾸야, 일지도 모르겠다. 그런 생각을 하며 나태를 즐겼다. 룽고를 마시고 초코 크루아상을 먹었다.

나폴리의 공식 교통수단은 푸니쿨라다. 푸니쿨라라고 하여 앤티크한 탈것을 생각했는데 그냥 계단을 오르내리는 쇠뭉치였다. 가격은 1.5유로. 해 지는 시간에 맞춰 시내를 내려다볼 수 있다는 전망대에 갔다. 전망대에 가면 쓸쓸해진다.

하릴없는 말을 하며 맥주를 마시고 있는 동네 아이들, 커다란 그래피티, 기념 사진을 찍는 가족, 연인, 혼자만의 시간을 즐기고 있는 여행객, 나같이 즐기지 못하고 있는 여행객.

해가 지면 더욱 쓸쓸해진다. 몸이 으슬으슬해져 문을 연 카페에 가서 카푸치노를 시켰다. 바에 서서 입에 탁 털어넣고 가는 것이 현지인 스타일이라기에 턱을 살짝 치켜들고 카운터를 가리켰다. 여기서 마실 거예요. 들은 대로 테이블과 바 가격이 달랐다. 난 거품 위에 설탕을 가득 뿌린 후 쭉 들이켜고 1.2유로 동전을 놓고 가게를 나섰다. 어느새 해는 지고 인적도 뜸해지고 버스 시간도 모르겠고 계단이 보이길래 따라 내려갔더니 깨진 병이 뒹굴고 있다. 후회해도 늦었다. 가로등도 뜸한 어둑한 길에 성모님의 제단이 보인다. 누가 싱싱한 꽃을 바쳐놓았다. 여기 사는 사람들은 성모님 제단 앞에 꽃을 놓는 착한 주민들이야, 하고 스스로를 타이르며 걸음을 옮겼다.

외로울 땐 서점에 간다. 무엇을 도와드릴까요? 표정이 풍부한 파마머리 아가씨가 웃으며 다가온다. 그냥 둘러볼게요. 단순한 호기심으로 들어온 관광객일 게 뻔한데 고맙게도 그런 나에게도 친절하다. 살 마음은 없지만 괜히 그녀를 위한 마음으로 서점의 모든 코너를 천천히 돌았다. 그림책을 몇 개 들춰보았다.

서점 안 카페에 갔다. 카운터에는 다양한 술이 즐비했다. 메뉴가 없어 바리스타에게 말을 거니 뭐든지 만들어주겠다고 했다. 카푸치노를 시키니 쿠키가 세 개 딸려 나왔다. 해석할 수 없는 책의 뒷면을 보며 커피를 홀짝였다. 따뜻했다.

다음날 아침 일찍 일어나 유서 깊은 카페 감브리누스Gambrinus에 갔다. 교황이 커피를 마신 곳이다. 이른 시각이라 넓은 홀에 나 혼자 앉았다. 홀의 한가운데엔 붉은 카펫이 깔려 있었다. 그 위로 드레스를 입은 귀부인이 걸어나올 것 같다. 1860년에 문을 연 카페의 꼿꼿한 자존심이 느껴진다.

나는 아침메뉴를 한참 들여다보다가 햄치즈 샌드위치와 오렌지주스를 시켰다. 세계 어딜 가나 실패할 수 없는 메뉴라고 생각했지만 결론적으로 이것은 잘못된 선택이었다. 햄치즈 샌드위치는 이런 곳에 와서 이런 한심한 메뉴나 시키는 한심한 외국인들을 위한 메뉴였다. 샌드위치 위에 꽂혀 있던 미국 국기가 그들의 조롱을 대신하는 듯했다. 잠시 반성을 하고 다시 카운터에 가서 에스프레소를 시켰다. 카운터는 홀과 다르게 이미 붐비고 있었다. 두터운 도자기 잔은 전용 소독판에서 바삐 소독되고 있었고, 가격은 단돈 1유로. 계산은 선불이고 물을 한 잔 준다. 물이 꼭 필요할 정도로 정말 진하다. 얼떨결에 털어넣었고 급히 가게를 나왔다. 아침의 활기에 등을 떠밀렸다. 이런 곳에서 커피를 마셨다는 뿌듯함과, 그게 무슨 의미가 있나 하는 알쏭달쏭함이 함께 떠올랐다.

광장에는 고풍스러운 건물이 있었다. 유치원 아이들이 견학을 왔다. 병아리처럼 귀여웠다. 귀여움에 넋을 놓지 말고 그들이 어디서 무슨 표를 끊고 어떻게 들어가는지를 알아냈어야 했다. 나는 길을 잃고 보수공사를 하는 곳을 지나 좁고 바쁜 입구에 다다랐다.

들어가서 보고 싶은데요.

회원증 주세요.

저는 그냥 관광객인데요, 그냥 조금 구경을 하면 안 될까요.

맘마미아… (당황스러움과 난처함을 표하는 혼잣말이 한참 이어

126

진 후) 그녀는 나에게 쪽지를 적어주었다. 나중에 이름을 찾아보니 여기는 '엠마누엘레 3세 도서관'이었다. 천장만 보면 몇백 년 전인데 고개를 내리면 사람들이 공무원 시험 준비를 하고 있었다. 나는 홀 구석의 의자에 앉아서 계속 우와… 하고 탄성을 작게 내뱉었다. 이런 곳에서 원고 작업을 하면 얼마나 좋을까 하는 바보 같은 생각도 했다. 아마 일주일만에 관성에 젖을 것이다. 사람들이 삼삼오오 자판기 옆에 모여 수다를 떨고 있었다. 에스프레소는 0.45유로로, 여기도 콩을 바로 갈아서 내려주는 방식이었다.

조금 내려가 이른 봄볕에 빛나는 바다를 보았다. 아름다운 길 위에 개똥이 가득했다. 그 위를 아름다운 사람들과 아름다운 개들이 걷고 있었다. 공기에 달콤함이 감돌고 있었으나 내 것은 아니었다.

소렌토 실패담

시작은 피자였다. 나폴리에 오면 나폴리 피자를 먹어봐야지. 찾아보니 시내에 무려 미슐랭 별을 하나 받은 피자집이 있다고 했다. 구경도 할 겸 바닷가에서부터 가게를 향해 걸었다. 악기를 메고 지나가는 청년, 전봇대에 빼곡하게 붙은 공연 전단을 보고 이 근처에 음대가 있을까 상상해보았다.

가게에 도착해보니 사람이 너무 많았다. 안내를 위한 전광판이 있을 정도였다. 커다란 현수막에는 이렇게 적혀 있었다. '돌체앤가바나가 사랑한 식당!' 그렇지, 미슐랭을 탄 식당이 조촐할 리가 없다. 나는 두 시간은 족히 기다려야 할 듯한 사람들의 물결에 기가 질려 인근 아무 피자집에나 들어와버렸다. 가게 분위기는 무기력했고 웨이터는 내게 메뉴판을 집어던졌다. 그래도 맛있을 수도 있지. 나폴리인걸. 게다가 미슐랭 집 건너편에서 장사를 하고 있는 집이잖아. 기본은 하겠지. 나는 마르게리타와 콜라를 시켰다.

마르게리타의 소스는 묽고 도우는 질척했다. 밀가루 풋내가 났다. 이 가게 안에서 상기된 표정으로 식사를 하는 손님은 단

PIZZERIA
antonio e gigi
SORBILLO
napoli
QUALITA TRADIZIONE

2017
MICHELIN

한 명도 없었다. 우리 모두 그저 그런 선택을 한 얼뜨기인 것이다. 그래도 배가 고파 몇 조각을 해치우고 계산을 하고 나왔다. 마음이 허해 골목 안 카페에 들어가 쇼콜라타를 시켰다. 볕도 들지 않는 가게에 한참 앉아 있다가 뒤돌아 나오는 순간 보였다, 그 가게가. 우연히 들어간 카페의 맞은편 식당이 미슐랭 별을 받은 바로 그 피자집이었다. 소박하고 당당하게 빛나는 붉은 미슐랭의 별이 그 가게임을 알렸다. 큰 착각을 했다.

분한 마음을 안고 걸었다. 이럴 때가 아니다. 오늘은 소렌토까지 기차를 타고 간다.

구글 지도는 최단거리를 알려주지만 길의 정취를 알려주진 않는다. 이 길은 5분 정도 돌아가지만 경치가 좋음, 보도블록이 잘 정돈되어 걷기가 좋음, 쇼윈도가 예쁨, 길 중간에 둘러볼 가게가 많음, 이런 정보까지 알려주면 좋을 텐데. 이날 구글맵이 내게 골라준 길은 빠르고 험악했다. 도매시장을 지나서 해가 지고 나면 절대 걷고 싶지 않은 길을 걸었다. 바이크에 두세 번 치일 뻔했다. 건장한 남자를 마주칠 때마다 마음속으로 한 아이의 아빠일 것이다, 선량한 시민일 것이다 하고 되뇌었다. 핸드폰과 지갑을 오늘 무사히 휴대할 수 있다면, 바이크에 치이지 않을 수 있다면, 오 성모님 그런 하루를 주십시오.

기차역은 더욱 심했다. 왜 어떤 관광 정보에도 소렌토에 기차로 가는 내용이 없는지 그 이유를 알겠다. 나는 이 기차역에서 절대로 화장실에 가지 않겠다고 다짐했다. 전광판의 정보는 뒤죽박죽이었다. 승객들은 나를 희한하게 바라보았고 나는 더욱 움츠러들었다. 전광판에는 출발 10분 전이 되어서야 정보가 나타났다. 기차는 몹시 낡았고 아까의 거리보다 더욱 험악했다. 나는 돈이 얼마 들어 있지도 않은 지갑이 무사한지 몰래 확인하며 좌석에 몸을 구겼다.

선로에 보이는 그래피티의 음영이 깊다. 청소년의 고뇌가 깊을수록 그래피티의 음영도 깊어진다. 창밖으로 커다란 산이 보였다. 아마도 베수비오 화산이겠지. 바닷가 길을 유유자적 달릴 수 있을 것이라는 나의 예측은 빗나갔다. 폼페이를 지날 때 유적이 힐끗 보이지 않을까 하는 기대도 빗나갔다. 기차는 굉음을 내며 달렸고 자동차처럼 경적을 울렸으며 오른쪽으로 1초 정도 보였던 바다는 그래도 아름다웠다.

소렌토에 도착했다. 레몬 나무가 도시 곳곳에 있었다. 레몬은 가지가 가늘어서 익으면 땅으로 드리워진다는 사실을 처음 알았다. 축 늘어진 나무 사이를 걸어 한 게이바에 도착했다. 어디든 깨끗한 화장실과 핸드폰 충전을 해결할 수 있는 곳에 들어가고 싶었다. 게이바답게 흘러나오는 음악은 토니 브랙스턴, 그다음은 제니퍼 로페즈, 그다음은 푸시캣돌즈였다. 상냥한 마스터는 내게 커다란 초콜릿 쿠키를 줬다. 굶주린 난 소중하게 쿠키를 먹으며 소파에 있는 커플을 보지 않으려고 애썼다.

소렌토의 석양을 보면 오늘의 불운을 전부 잊을 수 있을 것 같았다. 석양이 보고 싶다면 바닷가로 걸어나가면 되지만 핸드폰도 마저 충전해야 했고(현대인의 고뇌다), 어딘가 따뜻한 곳에 눕고 싶었다. 나는 고약한 꾀를 냈다. 바다가 보이는 숙소를 잠시 빌려서 핸드폰을 충전시켜놓고 침대에 누워 석양을 보자! 비수기니까 숙소도 싸겠지. 나는 이 선택이 나를 어디로 데려갈지도 모르고 신이 나서 당일 예약이 되는 숙소를 찾았다.

으슬하고 한적한 거리를 걸어 숙소에 도착했다. 벨을 아무리 눌러도 대답이 없다. 대문을 열고 들어가는 가족에게 끼어 건물 잠입에 성공했다. 숙소로 추정되는 곳의 문을 아무리 두드려도 대답이 없다. 숙소에 아무리 전화를 해도 받지 않는다. 기차

시간이 다 되어간다. 더 기다릴 수 없다. 오늘밤에는 시칠리아로 가는 야간열차를 타야 한다. 나는 악플을 달아주마 이를 갈며 기차를 탔다. 기차를 타기 전 짧게 충전을 하고 분노의 이메일을 보냈다. 환불을 요청했으나 숙소 사람은 미리 연락을 하고 와야 한다는 조항이 있다며 환불을 못 해주겠다고 이탈리아인다운 길길이 날뛰는 이메일을 보내왔다. 나는 아까보다 더 복잡한 기차 안에서 얼굴도 모르는 이탈리아인과 열심히 이메일로 싸움을 했다. 창밖을 보니 나의 실패를 비웃듯 핑크빛의 요염한 노을이 보였다.

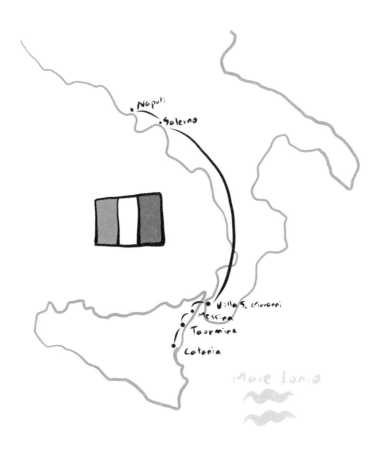

마지막 기차, 시칠리아 밤기차

어디선가 읽었다. 시칠리아에 가는 밤기차를 타면 해가 뜰 즈음 시칠리아 섬으로 건너갈 때 보이는 바다가 기가 막히게 아름답다고. 이번 여행의 마지막 기차로 시칠리아행 야간열차를 고른 것은 그 이유였다.

밤 열한 시의 나폴리역. 가게는 거의 문을 닫았고 노숙자들은 얼마 안 되는 의자에 빼곡히 앉아 있다. 경찰들은 헐렁하게 그 모습을 지켜보고 있다. 나는 유일하게 문을 연 버거킹에 가서 치킨버거를 테이크아웃 했다. 어디서 먹어야 이 버거를 마음 편하게 먹을 수 있을까 고민하다가 한 가족의 옆에 붙었다. 주섬주섬 버거를 꺼내 먹고 기차를 기다렸다. 간간이 아이와 윙크를 하며 놀았다. 드디어 나폴리를 떠난다. 오는 길에는 택시가 파업을 해서 급히 짐을 끌고 기차를 타고 역에 왔다. 끝까지 나폴리는 나에게 긴장감을 준다. 시칠리아에선 마음 편할 수 있을까.

감자튀김을 먹으며 내가 오늘 탈 침대 열차를 상상했다. 과연 쿠셋을 혼자 쓸 수 있을 것인가.

바라면 바랄수록 멀어질 것 같아 너무 바라지 않기로 한다. 불행을 구체적으로 상상해두면 그 불행은 일어나지 않는다는 혼자만의 미신이 있다. 그 쿠셋에는 엄청난 코골이가 타거나, 내가 코를 골거나, 코를 골지 않는 사람이 나의 아이패드를 훔치거나, 아니면 내 트렁크가 민폐가 되거나, 룸메이트의 몸에서 냄새가 나거나, 이 모든 것을 초월할 정도로 열차가 최악이거나, 아니면 이 모든 것을 초월할 불행이 찾아오거나.

기차가 왔다. 열차는 놀라울 정도로 좋았다. 차장은 알아들을 수 없는 말을 하고 갔는데 혼자 마음껏 쓰라고 말하는 것 같았다. 2인용 방이 밤새 내 것이다! 나는 문이 제대로 잠겼는지 다섯 번 확인하고서야 마음을 놓았다. 쿠셋은 아담한 2인용 도미토리 같았다. 침대는 제법 넓어 엄청나게 사랑하는 연인이라면 같이 누울 수 있을 정도였다. 방에는 모든 것이 갖추어져 있었다. 세면대는 물론 생수에 슬리퍼에 안대에 반짓고리까지 있었다. 양치용 물마저 따로 있었다. 난 누워서 창문을 바라보며 이 행운을 즐겼다.

이를 닦고 불을 끄고 누웠다. 밤기차는 빠르지도 느리지도 않은 편안한 박자로 달린다. 도르르르 굴러가는 바퀴 위에 이불을 덮고 누워 있는 쾌감. 선로를 따라 굴러가는 상자 한 칸에 누워 있는 기분. 밤이 흘러가는 것이 안타까울 지경이었다. 하지만 지금 잠을 자야 내일 아침에 일출을 볼 수 있다. 가로등 빛이 창문에 비쳐 차양을 내리고 알람을 맞추고 잠이 들었다.

행운은 새벽까지 이어졌다. 알람에 눈을 떠보니 넓은 창문 너머로 커다란 바다, 장대한 일출이 보였다. 귀한 것을 보고 있었다. 한참을 바라보았다. 황홀한 기분으로 다시 잠이 들었고 깨고 나니 햇살이 무릎에 조금 남아 있었다.

시칠리아 옥탑방

로레나의 운전은 험했다. 그녀는 아침 여덟 시 반에 나를 데리러 카타니아Catania역으로 와주었다. 정확히 오진 않았다. 아이들을 학교에 데려다줘야 해서 늦었다고 했다. 아무래도 좋았다. 여행이 막바지에 다다라 나의 짐은 몹시 무거웠고 그 짐을 들고 당연한 듯 엘리베이터가 없는 로레나의 옥탑방으로 올라갔다. 옥탑의 마당에서는 에트나 화산이 보였다. 어디에도 갈 필요가 없었다. 내가 바라는 것이었다.

창밖으로는 우르시나 성이 보였다. 바라보고 있으면 지금도 생명을 이어가고 있는 강건한 낡은 벽돌이 주는 편안함이 느껴졌다. 10분 정도 걸으면 그 유명한 시장에 다다를 수 있었다. 해산물 튀김과 아란치니를 포장해와서 먹었다. 올리브 문어 절임도 먹었다. 토마토도 조금 사다가 씻어 먹었다. 과일을 살 때 보나세라buòna séra, 하고 인사하고 싶어 조금 긴장했다. 가끔 광장에서 에스프레소도 마셨다. 시칠리아는 레몬이 유명하다. 관광객 기분으로 레몬 그라니타를 마셨다. 그러기에 아직은 조금 추운 날씨였다. 멀리에 있는 슈퍼에 가서 소스와 파스타면 등을 구경했다. 과일 젤리사탕을 사와서 시도 때도 없이 먹었다. 나폴리 피자의 복수도 했다. 동네의 훤칠한 청년이 만들어준 매운 피자는 한국인인 내 입맛에도 맵고 맛있었다. 카타니아의 제일가는 이탈리안 식당 안토니오가 지척에 있어서 세 번이나 갔다. 너무 맛있어서 잘 기억이 나지 않는다. 마지막에는 음식값도 깎아주었다. 걷고 또 걸었다. 감싸 안아주는 느낌의 도시였다.

마지막으로 아름답다고 소문이 난 타오르미나Taormina역에 가보았다. 낭만적인 여정을 기대하면 실망할 것이다. 우리의 낭만을 위해 존재하는 선로가 아니기 때문이다. 하지만 역은 소문대로 아름다웠고 파도 소리는 애잔했다. 아무도 내게 관심이 없었고 나 또한 누구에게도 관심이 없었다. 심지어 나 자신에게도. 허무하고 외로웠다.

고흐의 아몬드 나무 그림을 좋아했다. 그 원본이 암스테르담에 있다고 했다. 이번 여정에 억지로 암스테르담을 넣었다.

늦은 밤 스키폴 공항에 도착했다. 공항에서는 많은 것이 보인다. 분위기, 조명, 천장높이, 바닥, 먼지냄새, 공기, 사람들. 암스테르담은 얄밉게 예뻤다.

와퍼주니어를 포장했다. 공항 밖으로 나가려다 문을 잘못 건드려 경보음이 울렸다. 의자에서 잠을 자던 여행객들이 날 노려본다. 너 이제 큰일났다, 한 청년이 농담을 했다. 멀리서 몽둥이를 찬 공항 경비가 걸어왔다. 권태로운 표정으로 알람을 끄고 날 보내주었다.

우버 기사들은 몇번이고 내 콜을 거절했다. 호텔의 직원은 엘리베이터가 고장났다며 짐을 들고 계단으로 올라가라는 제스처를 취했다. 방의 라디에이터를 켜는 법을 알아낼 수 없었다. 멀리서 새가 울었다. 비가 온다. 다시 추적거리는 겨울의 세계로 돌아왔다. 와퍼주니어가 없었으면 절망했을 것이다.

어제 내리던 비가 그치지 않는다. 추적추적. 따끈한 국물이 그리워 쌀국수를 먹으러 갔다. 거스름돈으로 동전을 잔뜩 받았다. 머릿속의 여행이 그저 즐거울 수 있는 이유는 짐을 끌고, 소매치기를 조심하며 숙소를 찾고, 바깥에서 화장실이 가기 싫어 목이 말라도 물을 참고, 맛없는 음식을 먹고, 허탕을 치고, 인종차별을 겪을 일이 없어서다. 기운이 빠져 미술관에 바로 가기로 했다.

그림은 거기에 있었다. 가짜처럼 거기에 있었다. 어색했다. 전화통화만 하던 사람을 실제로 만난 것 같았다. 나는 가까이 다가갔다가 다시 멀찍이 떨어지기를 반복하며 어색함을 줄여보려 했다. 수많은 사람들 속에서 그림에게 인사하기가 쉽지 않았다. 그림은 조금씩 눈에 들어왔다. 그렇게 좋아하던 오묘한 푸른 바탕을 보았다. 우아한 흰 꽃을 보았다. 프린트로는 잘 보이지 않던 붉은 꽃봉오리, 입체감을 보았다. 고흐가 그때 본 세상이 얼마나 아름다웠는지를 보았다.

이렇게 아름다운데, 왜 바로 알아주지 않았을까. 아무도 알아주지 않는데도 이 사람은 어떻게 그림을 이렇게 그려냈을까.

이 아름다운 그림이 평가받는 데 무슨 시대적 의미와 아이콘화가 필요했을까. 왜 귀까지 잘라야 했을까. 화가 났다.

화가 나서 미술관을 마구 걸어다녔다. 팔기 위해서 이 스타일 저 스타일을 시도해본 흔적들을 보았다. 모든 그림이 슬펐다. 그리고 모든 그림은 생의 찬란함으로 빛나고 있었다. 바보 같은 사람, 아무도 알아주지 않았는데도 눈에 비친 세상은 줄곧 아름답기만 했구나.

엘리베이터에서는 프랑스 고등학생들이 키스를 하고 있었다.

프랑스어 해요? 바캉스로 왔어요?

남자애가 멋있게 보이고 싶었는지 내게 말을 건다.

못해. 그래, 바캉스야.

계속 키스를 한다. 영원히 내리지 않을 것처럼. 미술관은 온갖 고흐를 팔고 있었다. 원본을 봐버린 나는 아무 프린트도 사지 못하고 미술관을 떠났다.

촛대를 바라보는 여행

나에게는 병이 있다.

별것 아닌 평범한 우울증이다.

앓은 지 4년 정도 되었다.

어쩌면 더 오래됐을지도 모른다.

이 병을 앓으면 기쁨을 느끼는 감각이 퇴화되는 느낌이다.

아무 음악도 듣지 않고 아무 글도 읽지 않고

아무것에도 놀라지 않는 시간을 보내면서

나는 미신적인 믿음에 빠졌다.

이 증상을 없애줄 성배가 세계 어딘가에

있을 것 같다는 믿음.

그것은 시칠리아의 레몬 나무일 수도 있고

알프스의 봉우리일 수도 있다.

결국 정답은 집 거실의 파랑새임을 알아도

'즐겁다'라는 기분을 느끼게 해줄

특별한 존재를 만나고 싶었다.

이런 나라도 즐겁고 싶었다.

많은 아름다운 것을 보았다. 물론 성배는 없었다.

결국은 확인하는 작업이었다.

어디서든 내 마음의 크기만큼 볼 수 있고 느낄 수 있다는 것.

그리고 내 마음의 크기는 슬프게도 아주 작다는 것.

커다란 산맥을 보는 여행이 있으면

작은 촛대를 보는 여행도 있다.

작은 마음으로 작은 것들을 보았다.

이런 나라도 즐거웠다.

한 달간의
유럽 기차 여행

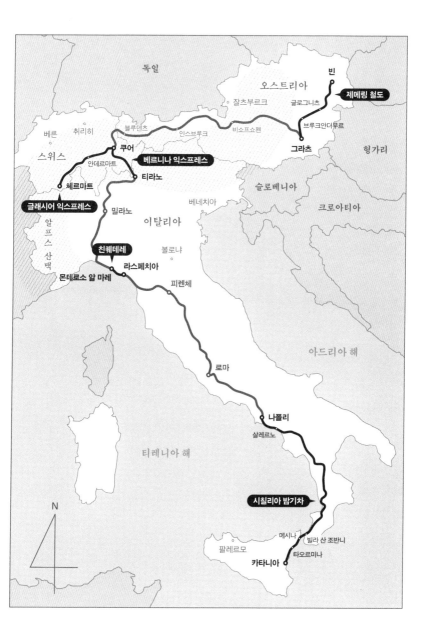

이런 나라도
즐겁고 싶다

초판 1쇄 발행 2018년 9월 20일
초판 3쇄 발행 2018년 11월 2일

지은이 오지은
펴낸이 고미영

책임편집 고미영
편집 이승환
디자인 위앤드
마케팅 정민호 한민아 최원석 안민주
홍보 김희숙 김상만 이천희
제작 강신은 김동욱 임현식
제작처 영신사

펴낸곳 (주)이봄
출판등록 2014년 7월 6일 제406-2014-000064호
주소 10881 경기도 파주시 회동길 210
전자우편 yibom01@gmail.com
팩스 031-955-8855
문의전화 031-955-1909

ISBN 979-11-88451-31-9 03810

• 이 도서의 국립중앙도서관 출판시도서목록(CIP)은 서지정보유통지원시스템 홈페이지
  (http://seoji.nl.go.kr)와 국가자료공동목록시스템(http://www.nl.go.kr/kolisnet)에서
  이용하실 수 있습니다. (CIP 제어번호: CIP2018029352)

• 잘못된 책은 구입하신 곳에서 바꿀 수 있습니다.

🐦ⓕ **springtenten**　　📷 **yibom_publishers**